AF139286

H. P.
Innemann

FINSTERNIS
Der Schädel der Schlange

Bibliografische Information der Deutschen Nationalbibliothek: Die Deutsche Nationalbibliothek verzeichnet diese Publikation in der Deutschen Nationalbibliografie, detaillierte bibliografische Daten sind im Internet über dnb.dnb.de aufrufbar.

TWENTYSIX – Der Self-Publisching-Verlag
Eine Kooperation zwischen der Verlagsgruppe Random House und BoD – Books on Demand

© 2016 Hayo Peter Innemann
2. Auflage; © 2017 Hayo Peter Innemann

Herstellung und Verlag:
BoD – Books on Demand, Norderstedt

ISBN: 978-3-7407-1464-2

Illustration: Regimentskasse, Haus Marck, Tecklenburg
Illustration: © H. P. Innemann

Dieses Buch ist meiner geliebten Frau Nadine und unseren beiden Töchtern, Helena und Fiona, gewidmet. Ohne ihre Unterstützung wäre dieses Werk nicht entstanden.

Ich danke allen Testlesern für ihre unschätzbare Hilfe - allen voran meinem guten Freund, Sven H. -

Ich danke Kaffee.

Inhalt

Prolog

Dead End

Márkos konnte nicht sagen, ob es ihm noch folgte, oder ob er es geschafft hatte das Ding im dichten Regen und nächtlichen Wirrwarr der tokyoter Fußgänger abzuhängen. Er hatte keine Erklärung für das, was geschehen war. Die ganze Zeit über war er so vorsichtig gewesen. Und nun? Er war auf der Flucht. Sein Partner, nur noch ein Haufen Asche.

Wer außer Blake konnte gewusst haben, dass sie in der Stadt waren? Warum waren sie nicht, wie geplant, von Mac Lane und Flaubert am Flughafen abgeholt worden? Zu viele offene Fragen.

Márkos rannte um sein Leben. Immer wieder sah er sich panisch um. Wenn er es bis zum „Dead End" schaffte, hatte er vielleicht noch eine Chance. Wenn etwas schief laufen sollte, so hatte Blake ihnen gesagt, sollten sie in dieser Bar nach ihm fragen. Und etwas lief hier gewaltig schief.

Es konnte nicht mehr weit sein. Márkos' Herz raste und er konnte es bis in die Kehle spüren. Plötzlich verlor er den Halt auf dem nassen Gehweg und rutschte aus. Er fiel hin und überschlug sich, ehe ihn ein Mülleimer bremste. Er war sofort wieder auf den Beinen, doch sein Knöchel schmerzte höllisch. Vermutlich hatte er ihn sich beim Sturz verstaucht – oder schlimmer. Aber er hatte keine Zeit. Er musste weiter, oder er war tot.

1

Adrenalin. Gutes altes Adrenalin. Es hielt ihn aufrecht und gab ihm die Kraft weiterzurennen. Es würde ihm das Leben retten.

Nur noch drei Straßen und es war geschafft.

Der Schmerz wurde heftiger. Wie ein Messer drang er tiefer und tiefer in sein Bewusstsein vor.

Noch zwei Straßen. Es begegneten ihm kaum noch Menschen. Der Schmerz wurde unerträglich. Es half nichts, er musste weiter. Er hatte gesehen, was es mit seinem Partner gemacht hatte.

Nur noch eine Straße. Der Fuß setzte auf. Übermächtiger Schmerz verdrängte alles andere. Márkos stolperte und fiel. Ein gurgelnder Schmerzensschrei drang durch den Regen. Er hielt sich den Knöchel. Blut sickerte durch die Socke. Mit zitternden Händen zog Márkos die Socke herab. Ein offener Bruch. Knapp über dem Knöchel ragte ein Stück Knochen aus der Haut.

Egal. Er musste aufstehen. Schnell riss er die Socke entzwei. Mit einem Ruck drückte er den Knochen wieder zurück unter die Haut. Der Schmerz verschlug ihm den Atem. Kein Schrei. Ihm wurde schwindelig und einige Sekunden schwarz vor Augen. Mit zitterigen Händen wickelte er den Stoff so fest es ging um die Wunde. Schmerz durchströmte ihn. *Hoch mit dir! Du wirst hier nicht verrecken! Weiter! Los!* Er stand auf. Schmerz.

Er würde nicht rennen können; laufen, mit Glück, aber nicht rennen. Trotzdem, versuchen musste er es. Er setzte den Fuß auf und eine Welle aus Schmerz brach über ihm zusammen. Ein stummer Schrei und er blieb stehen. So ging es nicht. Fast wären ihm wieder die Sinne geschwunden. Er musste humpeln.

Diese Gasse. Nur noch diese Gasse entlang. Der Hintereingang des „Dead End" war schon deutlich zu sehen.

Ein Schatten an der Wand. Márkos wirbelte herum.

Ein alter Mann in zerlumpter Kleidung war aus den

Schatten getreten. „Etwas Kleingeld?", fragte der Mann krächzend und hielt Márkos eine verbeulte Blechdose hin.

Márkos' Herz schlug wie wild. Hastig kramte er einige Münzen aus der Tasche seines Mantels und warf sie in die Dose. Der Mann bedankte sich und verschwand torkelnd in der Gasse.

Márkos seufzte erleichtert. Sein Herz beruhigte sich etwas und er starrte dem Alten einen Moment hinterher. Normalität - nur ein kleines Stück. Er fühlte sich etwas sicherer. Vielleicht hatte er den Verfolger tatsächlich abgehängt. Ein schwaches Lächeln huschte über sein Gesicht und er bemerkte nicht, wie direkt hinter ihm eine dunkle Gestalt lautlos aus dem Boden wuchs.

Márkos' Miene versteinerte schlagartig und er drehte sich hastig um. Die Gestalt trug eine schwarze Kutte, deren Kapuze tief ins Gesicht gezogen war. Er hatte seinen Verfolger weder gesehen, noch gehört, er hatte einfach seine Kälte gespürt - diese kosmische Kälte.

Das Spiel war vorbei und er hatte verloren.

Dunkelheit war alles, was man unter der Kapuze sehen konnte. Alles beherrschende Dunkelheit. Die Gestalt hob langsam den rechten Arm.

Márkos wusste, was folgen würde. „Wie kann etwas, dass so kalt ist, solche Macht über das Feuer haben?", fragte er und starrte mit wässrigem Blick in die Finsternis unter der Kapuze, um dort etwas zu finden, mit dem er reden konnte.

Eine klauenartige, lederig rotbraune Hand, mit zentimeterlangen, schwarzen Klauen rutschte unter dem Saum des Ärmels hervor. Die Gestalt legte sie mit gespreizten Fingern auf Márkos' Brust.

Eine Träne ran über seine Wange, als Márkos die Augen schloss und sich in sein Schicksal ergab.

Innerhalb von Sekunden flackerten winzige, orangene Lichter unter der Kapuze auf, die sich rasend schnell zu lodernden roten Flammen steigerten.

Ein letzter, unvollendeter Schrei und Márkos brach tot zusammen. Ein großes Loch prangte an der Stelle, an der zuvor sein Brustkorb gewesen war. Kleidung, Haut, Muskeln, sogar Knochen, waren in Sekunden verbrannt.

Die Gestalt beugte sich zu Márkos' Leichnam hinab. Mit der entstellten Hand drehte sie Márkos' Überreste auf den Rücken und aus den Tiefen des linken Ärmels schob sich eine normale, menschliche Hand. Gerade, als die Gestalt etwas aus der Manteltasche des Toten ziehen wollte, erleuchtete ein gleißender Lichtstrahl die Gasse taghell.

Die Gestalt stieß einen zischenden Laut aus. Sie hob einen der langen Ärmel ihrer Kutte hoch vor die Kapuze um sich vor dem Licht, das ihr starke Schmerzen bereitete, zu schützen. Hektisch versuchte sie aus der Tasche des Toten zu bergen, weshalb sie gekommen war.

Eine Welle aus gleißendem Licht schoss über die Gestalt hinweg und sie ließ augenblicklich ein markerschütterndes, schmerzverzerrtes Quieken hören. Die Gestalt versuchte verzweifelt sich in die Schatten der Gasse zurückzuziehen, doch eine zweite Welle aus Licht schoss durch die Gasse und die Kreatur war verschwunden.

4

Kapitel 1

Das schwarze Herz

1

Die drei schwarzen Türme erhoben sich im Herzen Tokyos wie gigantische Monolithen. Wie aus einem einzigen,
riesigen Stück schwarzen Obsidians gefertigt, ragten sie bedrohlich, aber dennoch majestätische in den Himmel. Der
hinterste Turm des Dreigespanns war der Höchste und
überragte seine beiden, untereinander gleich hohen Geschwister, um etliche Meter. Eine gemeinsame runde Basis
bildete das Erdgeschoss des imposanten Gebäudekomple-
xes, der in seiner Gesamtheit als der „**Black Tower**" bekannt war.

Offiziell war dieses beeindruckende Bauwerk die Kon-
zernzentrale des Darkwater Konzerns, eines Milliarden
schweren, internationalen Großunternehmens. Im- und
Export, Elektrotechnik, Land- und Baumaschinen gehörten genau so zu den Unternehmenszweigen, wie Bereiche
der Agrarwirtschaft, Gesundheitsfürsorge und Rüstungsin-
dustrie.

William Darkwater, der Firmenvorstand des Darkwater
Konzerns, galt nicht nur in der Geschäftswelt als genau so
charmant, wie skrupellos. In anderen Kreisen hingegen
wusste man, dass es gar keinen William Darkwater gab und
nie gegeben hatte. In diesen Kreisen lautete sein Name
Dante Blake. Auch in diesen Kreisen galt er als skrupellos.
Nicht mehr.

Kein Mensch wusste jedoch, was wirklich hinter der strahlenden Fassade des weltweit agierenden Unternehmens und seines Vorstands steckte. Tief unterhalb des Black Towers, im Untergrund der Stadt, lag das wahre, schwarze, Herz des Unternehmens – und der Stadt. Hier, in einigen hundert Metern Tiefe, verborgen vor den Augen und Ohren der unwissenden Sterblichen, lag das Zentrum der vampirischen Macht Tokyos.

Versteckt, begraben, tot, aber lebendig, schlägt das schwarze Herz in seinem unsterblichen Takt.

2

Die schwarze Limousine mit den getönten Scheiben hielt direkt vor dem Eingang des Black Towers an. Zögerlich wurde die hintere, rechte Tür geöffnet und zwei Männer, Henry Flaubert und John Mac Lane, stiegen aus.

Flaubert war mit seinen ein Meter dreiundachtzig schon zu Lebzeiten, im Frankreich des achtzehnten Jahrhunderts, ein Mann von beachtlicher Statur gewesen. Heute, hier in Tokyo, ragte er buchstäblich aus der Menge hervor. „Er bringt uns um, das ist dir doch klar?", fragte Flaubert Mac Lane besorgt und rieb sich nachdenklich sein markantes, stoppeliges Kinn.

„Quatsch", erwiderte Mac Lane ruhig, aber bestimmt und streichelte dem toten Hamster, den er seit Kurzem in seiner Manteltasche mit sich zu führen pflegte, behutsam über den Rücken. Der kurzhaarige, leicht rot-blonde Mann war zwar etwas kleiner als Flaubert, aber immer noch größer als der Durchschnitt. Von einem Vergleich zwischen ihnen abgesehen, war Mac Lane ohnehin der Ansicht, dass es gar keine kleinen Schotten gab, zumindest hatte er seit den knapp fünfhundert Jahren seiner Existenz nie einen gesehen. „Glaubst du ernsthaft, er hätte sich die Mühe gemacht uns aus dem Knast zu holen und herbringen zu lassen, weil er so ein netter Kerl ist?"

„Du hast gehört, was er mit Jack gemacht hat?", fragte Flaubert und sah Mac Lane mit seinen blauen Augen eindringlich an.

Mac Lane zuckte mit den Schultern. „Das ist was anderes. Jack ist immerhin sein Sohn. Das hatte was mit Erziehung zu tun." Und Mac Lane wünschte sich insgeheim, er könnte selbst an seine Worte glauben.

„An eurer Stelle würde ich mich langsam in Bewegung setzen!", rief ihnen der Fahrer der Limousine durch das heruntergelassene Fenster zu. „Er kann es nicht ausstehen, wenn man ihn warten lässt."

„Wissen wir!", antworteten Mac Lane und Flaubert im Duett.

„Na los! Komm schon", sagte Mac Lane auffordernd und gab Flaubert einen Schubs in Richtung Eingangstür. „Nach dir!"

Flaubert schüttelte missmutig seinen braunen Ledermantel aus, dann setzte er sich in Bewegung. Wirklich überzeugt hatten ihn Mac Lanes Argumente zwar nicht, aber ganz sicher würde es ihre Lage auch nicht verbessern, wenn sie Blake länger als nötig warten ließen.

3

Die beiden Männer betraten das Gebäude. Das Echo ihrer Schritte wurde vom Marmorfußboden und den blanken, schwarz glänzenden Wänden der Eingangshalle hundertfach zurückgeworfen. Aus welchem Material die schwarzen Wände gefertigt waren, konnte keiner von beiden mit Bestimmtheit sagen.

Links und rechts hingen einige teuer aussehende, große Ölgemälde in schweren Rahmen an den blanken Wänden.

Nur eine dicke, rote Samtkordel schirmte sie von den Besuchern ab.

Jahre lang waren Flaubert und Mac Lane nun schon in diesem Gebäude ein- und ausgegangen, doch diese schwarzen Wände waren Flaubert noch immer nicht geheuer. Ihre glänzende Oberfläche schien einfach alles in sich aufzusaugen, ja regelrecht zu verschlingen. Sogar das Licht wurde nicht einfach von ihnen reflektiert. Es schien vielmehr so, als käme es verändert - und irgendwie *kälter* - direkt aus den finstersten Tiefen der Wände selbst, wieder hervor. Keine Pflanze, kein Stuhl und keine Person spiegelte sich in ihrer kalten Oberfläche. Jedes Mal, wenn Flaubert sie länger anstarrte, hatte er das Gefühl von ihnen angezogen zu werden, gerade so, als wären sie lebendige Raubtiere, auf der Lauer nach unvorsichtiger Beute.

Mac Lane hingegen spazierte einfach ruhig und unbekümmert neben Flaubert her.

Flaubert blieb plötzlich stehen. Wie hypnotisiert starrte er die Wand zu seiner Linken an. Er hatte sich insgeheim schon oft gefragt, ob die rote Samtkordel zum Schutz der Gemälde vor den Besuchern diente oder ob vielmehr Gemälde und Kordel gleichsam zum Schutz der Besucher vor den Wänden dienten. Je länger er die Wand anstarrte, desto sicherer war er sich, ein leises, wimmerndes Flüstern zu hören. Ein Flüstern, das deutlich lauter zu werden schien, je länger man die Wände ansah. Ein forderndes, gieriges Geplapper, diabolisch verzerrter Stimmen. Flaubert ging einige Schritte weiter auf die Wand zu. War es seine Neugierde, die ihn in diesem Moment vorantrieb? Oder hatte er bereits die Kontrolle über sein Handeln verloren? War er vielleicht längst völlig dem Bann der Wände erlegen? Dem Bann dieser schwarzen Wände. Dieser teuflischen, schwarzen Wände. Dieser herrlichen, schwarzen Wände. Dieser wunderschönen, schwarzen Wände.

Wunderschön und schwarz.

Schwarz.

Flaubert wusste es nicht. Er stieg über die rote Absperrung. Nur noch wenige Schritte trennten ihn von der Wand. Wie von blinder Vorfreude, maßlosem Verlangen, und grenzenlosem Wahnsinn beherrscht, schienen sich die flüsternden Stimmen auf einmal zu überschlagen. Flaubert hob die Hand, um die Wand zu berühren.

„Verzeihung!", rief eine laute Stimme und riss Flaubert aus seiner Trance. Ruckartig zog er seine Hand zurück und schaute sich verwundert um. Der Portier, der bisher regungslos hinter seinem Tisch am Ende des Foyers gesessen hatte, war aufgestanden. Er war sichtlich nervös und sah Flaubert, der noch immer innerhalb der Absperrung stand, vorwurfsvoll an. „Würden sie bitte wieder hinter die Absperrung zurücktreten?"

„Natürlich", antwortete Flaubert knapp und gab sich Mühe dabei so gefasst wie möglich zu wirken.

Mit großen Schritten hielt Mac Lane zielstrebig auf Flaubert zu. „Was treibst du denn? Du und dein Tick mit diesen Wänden!", schimpfte Mac Lane. *Verdammter Idiot! Er hat ja keine Ahnung.*

„Was regst du dich so auf?", fragte Flaubert.

„Jedes Mal, wenn wir hier durchgehen, erzählst du mir, dass dir die Wände unheimlich sind", begann Mac Lane.

„Ja und?"

„Und was sage ich dir dann immer?"

„Ich soll mich nicht so anstellen und lieber die Bilder betrachten oder so was. Dann nennst du mich meistens noch Idiot, ich dich Irrer und wir streiten, bis wir im Fahrstuhl sind", leierte Flaubert besserwisserisch herunter.

„Na also. Aber tut der Herr, was man ihm sagt? Nein!", meckerte Mac Lane.

„Is' ja gut", beschwichtigte Flaubert und ging weiter.

Mac Lane sah hinüber zur Wand und starrte sie einen Moment lang an. Die Panik in seinem Blick war deutlich zu erkennen. „Ja ich weiß, ich höre sie auch ...", flüsterte er an den Hamster gewandt und streichelte ihn sanft.

Flaubert hatte unterdessen den Portier passiert und hielt geradewegs auf die Aufzüge zu. Vier in der linken Wand, vier in der rechten Wand und drei an der Rückwand des Foyers. Der mittlere dieser drei hatte jedoch keine Knöpfe zur Wahl der Fahrtrichtung, sondern dort, wo sie sich normalerweise befinden sollten, gab es nur eine große Metallplatte mit einem breiten Schlitz. Ein Kartenlesegerät.

Flaubert, der inzwischen seine Brieftasche aus den Tiefen seines Mantels hervorgekramt hatte, suchte in ihr herum und zog schließlich eine Magnetkarte heraus.

„Muss das sein?", fragte Mac Lane, der gerade hinter Flaubert getreten war.

„Halt die Klappe", fauchte Flaubert bestimmt und funkelte Mac Lane böse an. Der verdrehte nur die Augen.

Ein Piepsen verriet, dass Flauberts Magnetkarte akzeptiert worden war. Aus der Metallplatte klappten langsam ein Handflächen- und Stimmscanner aus.

Flaubert legte die rechte Hand auf das Gerät, welches augenblicklich mit dem Abtasten der Handfläche begann. „Henry Flaubert", sagte er in perfektem Französisch.

Mac Lane stand mit bis zum Anschlag hochgezogenen Augenbrauen und gespitzten Lippen hinter Flaubert und tat so, als würde er gerade ein Croissant in eine Tasse Kaffee tunken, wobei er betont vornehm seine kleinen Finger abspreizte. Er konnte es nicht ausstehen wenn Flaubert, oder irgendwer sonst, Französisch sprach.

„Bereit?", fragte Flaubert.

„Oui!"

Flaubert sah Mac Lane finster an. „Ich hab' dir schon hundert Mal gesagt, du sollst mich nicht nachäffen!", schrie er Mac Lane an.

„Oh!", erwiderte Mac Lane mit gespielt übertriebenem französischem Akzent, als die Fahrstuhltür aufsprang.

10

„Isch abe solsche Ongst! Isch offe Monsieur Smörrebröd wird misch nischt mit seine große Baguette verprügeln!"

„Wahnsinnig witzig. Los! Schieb' deinen Arsch da rein!", befahl Flaubert und nickte in Richtung des offenstehenden Aufzugs, während er seine Karte wieder aus dem Lesegerät zog.

„Ja, ja. Ihr Franzosen habt eben einfach keinen Sinn für Humor", sagte Mac Lane betont ruhig und trat in den Aufzug, dicht gefolgt von Flaubert.

Ein mulmiges Gefühl breitete sich in Flauberts Magengegend aus. Er mochte diese Treffen gar nicht. Normalerweise bedeuteten sie Ärger. Blake bestellte sie gewöhnlich nur aus drei Gründen zu sich:

Wenn er einen neuen, gefährlichen Auftrag für die beiden hatte.

Um ihnen wichtige Informationen zukommen zu lassen.

Oder - und dies war nach den Ereignissen der vergangenen Nacht mit bedauernswerter Gewissheit auch heute der Grund - um ihr Versagen zu bestrafen.

Die Fahrstuhltür öffnete sich und die beiden Männer betraten den Vorraum zu Blakes Büro. Die schiere Größe des gut zwanzig mal dreißig Meter messenden Raums, ließ jedem Besucher, der ihn zum ersten Mal betrat, den Atem stocken. Der gesamte Boden bestand aus feinstem, weißem Marmor. Die Fugen zwischen den einzelnen Platten waren so dünn und geschickt verfugt worden, dass er aussah, wie eine einzige, weiß schimmernde Ebene. Die erlesenen Teppiche im Raum stammten nur aus den besten und namenhaftesten Manufakturen der Welt. Besucher mit dem nötigen Kunstverstand und Respekt vermieden es, die teuren Webarbeiten zu betreten und gingen stattdessen auf dem schmalen Grat, der zwischen ihnen freigelassen war.

Auch an den Wänden hingen Teppiche. Die vier zweifellos alten, großen Gobelins waren teilweise bereits sehr verblasst oder ausgefranst, dadurch aber nicht weniger beeindruckend oder wertvoll. Dass es sich um Originale handelte, stand außer Frage. Zwischen den Gobelins hingen in schweren, kunstvoll gestalteten Rahmen die Bilder des Firmenvorstands. Einzig William Darkwater selbst befand sich nicht unter ihnen.

Zwischen den Teppichen, unter den Bildern, standen Sockelvitrinen. In den dezent beleuchteten Vitrinen waren diverse antike Kunstgegenstände von beachtlichem Alter und Wert verteilt. Auch wenn jedes dieser Stücke ein kleines Vermögen wert war, so waren sie doch nicht die Glanzstücke aus Blakes Privatsammlung. Museumskuratoren der ganzen Welt wären bereit gewesen zu morden, um nur einen Blick auf diese Raritäten werfen zu können. Die Glanzstücke schmückten Blakes Büro.

Ganz am Ende des Raums, den Aufzügen gegenüber, lag der Schreibtisch von Blakes Assistentin. Der prächtige alte Eichentisch zog, wie alles andere in diesem Raum, unweigerlich früher oder später die Aufmerksamkeit auf sich.

Direkt hinter dem Tisch nahm die mächtige, doppelflüglige Tür zu Blakes Büro ihren Platz in der Mitte der Wand ein. Wollte man Blakes Büro betreten, musste man erst den Tisch seiner Assistentin umrunden. Die Tür war mit kunstvollen Verzierungen in Form von Bildnissen antiker, griechischer Götter übersät. Sie machte eher den Eindruck, als gehörte sie in das Portal eines antiken Tempels, als in ein neuzeitliches Bürogebäude.

Blakes Assistentin saß in einem roten Ledersessel hinter dem Tisch. Der elegante, schwarze Hosenanzug und das tiefschwarze Haar der jungen Frau ließen ihre ohnehin blasse Haut noch deutlich heller wirken.

„Hey, Yumi", sagte Flaubert, als die beiden Männer den Tisch erreicht hatten. Er hob die Hand zum Gruß, Mac Lane tat es ihm gleich.

„Hi, Jungs!", rief Yumi zurück, lächelte und legte mit geschickten Fingern eine Strähne ihrer langen, schwarzen

Haare zurück hinter das Ohr. „Er wartet schon auf euch. Hat aber nicht die beste Laune heute."

Nicht die beste Laune?, rekapitulierte Flaubert. So lange sie Blake kannten war seine *gute Laune* bereits nicht die beste Laune gewesen. „Los." Flaubert gab Mac Lane einen Schubs. „Du zuerst."

„Ja, ja!", brummte Mac Lane und stieß die Türhälften schwungvoll auf.

4

Wenn man es noch nie zuvor gesehen hatte, konnte man bei Blakes Büro leicht den Eindruck bekommen, man hätte sich in der Tür geirrt und sei in einem Museum gelandet.

Statuen, Götzen, Reliquien und andere Artefakte, sowie kostbare und ebenso kunstvolle Waffen aus den verschiedensten Epochen der unterschiedlichsten Kulturen der Erde – zumindest stammten die meisten von hier – , waren in Vitrinen und auf Sockeln platziert oder schmückten die Wände.

Ein Stück, das Blake wohl besonders gern haben musste, war eine karmesinrote Rose. Die prächtige Blume mit ihrem üppigen Kopf und dem satt grünen Stängel, ruhte unter einer Glaskuppel auf einer Säule, gleich neben seinem Schreibtisch. Diese Blume, so wunderschön sie auch war, hatte etwas Seltsames an sich. Eine feine, goldene Tafel schmückte den Sockel und verkündete:

»ES GIBT ANDERE WELTEN, ALS DIESE«

5

Am äußersten Ende des Raumes, der Eingangstür gegenüber, lag Blakes Schreibtisch. Ein steinerner Gigant von vier Metern Länge und beinahe zwei Metern Tiefe. Seine Vorderseite war geschmückt mit abscheulich entstellten Fratzen dämonischer Kreaturen und den blutigen Szenen bizarrer Menschenopfer. Groteske Wesen, die aussahen wie fette, spinnenbeinige Egel, huldigten einer finsteren, dämonischen Gottheit, deren Antlitz aus dem Stein herausgebrochen worden war. Niemand konnte sagen, woher genau dieser Stein stammte oder wie alt er war. Sicher war nur, dass es sich um einen Opferaltar handelte, den Blake als Schreibtisch benutzte.

Ein riesiges Panoramafenster, gleich hinter Blakes Stuhl, bildete die Rückseite des Raumes und bot einen beeindruckenden Blick über die Dächer Tokyos.

6

Mac Lane wollte gerade den ersten Schritt in das Büro machen, als ein Schuss von den Wänden widerhallte. Mac Lane ging zu Boden. Drei Viertel seines Kopfs waren zerfetzt worden und fehlten.

„Boss i…", brachte Flaubert noch heraus, nachdem er realisiert hatte, was geschehen war. Ein zweiter Schuss. Auch Flaubert ging zu Boden, ebenfalls mit zerfetztem Schädel.

„Los, hoch mit euch!", zischte Blake. Der einen Meter und achtzig große, athletisch gebaute Blake trug einen feinen, schwarzen Maßanzug. Sein schwarzes Haar war ordentlich zurechtgelegt und seine Augen, die so blau und durchdringend waren wie reines Eis - und genauso kalt – musterten die Überreste der beiden Männer.

Er legte die großkalibrige Waffe in Griffweite auf die Platte seines Schreibtisches. Als wäre nichts gewesen glitten seine Arme auf die Lehnen seines großen, schwarzen Ledersessels zurück und er drehte sich im Stuhl in Rich-

14

tung Fensterfront. „Vielleicht erinnert ihr euch daran, dass ich geschäftlich in New York zu tun hatte", erzählte Blake mit ruhiger Stimme.

Unterdessen hatten Schädelknochen, Blutgefäße und Gehirn der beiden Männer begonnen, sich im Zeitraffertempo zu regenerieren. Muskelgewebe bildete sich und begann rasend schnell die kahlen Schädelknochen wieder zu bedecken und schließlich hatten sich auch Haut und Haare regeneriert.

Mac Lane und Flaubert standen auf. Ihnen dröhnte der Schädel. Nur weil sie untot waren, bedeutete das keineswegs, dass sie keinen Schmerz spürten. Beide waren gut genug trainiert, dass normale Munition ihren untoten Körpern nichts - oder zumindest so gut wie nichts - anhaben konnte; einer der vielen Vorteile, den Vampire genossen. Die meisten Vampire, besonders solche höheren Alters, hatten für Angreifer mit Schusswaffen daher meist nur ein müdes Lächeln übrig. Doch der Kopf blieb leider trotzdem ein empfindlicher Körperteil und Blake verschoss auch keine gewöhnlichen Kugeln.

„Ihr könnt euch sicher meine Verwunderung darüber vorstellen, dass ihr meine Anrufe nicht beantwortet habt", sagte Blake ruhig - innerlich brodelte er. „Ich war, wie soll ich sagen, etwas ungehalten." Blake drehte sich langsam um und sah beide an. „Als William Darkwater gastierte ich gestern Nacht, nach meiner Rückkehr aus New York, auf der Feier zum fünfundsechzigsten Geburtstag des Polizeipräsidenten."

Flaubert und Mac Lane tauschten einen nervösen Blick aus, dann starrten sie wieder Blake an, dessen Finger sich langsam tief in die Enden seiner Sessellehnen bohrten.

„Ihr könnt euch bestimmt auch vorstellen, wie mir zumute war, als man dem Polizeipräsidenten auf seiner Geburtstagsfeier mitteilte, dass zwei geisteskranke Irre durch die Stadt gerast sind und in einem Krankenhaus randaliert haben. Zwei Irre, deren Beschreibung ausgesprochen gut auf zwei *Idioten* zutrifft, die für mich arbeiten. Habt ihr auch nur die leiseste Ahnung, was es mich gekostet hat euch aus dem Knast zu holen? Ihr zwei habt gegen sämtliche mir bekannten Regeln des Straßenverkehrs verstoßen. Ein Zivilfahrzeug zu Schrott gefahren, vier Polizeibeamte schwer verletzt, zwei Einsatzwagen der Polizei zerstört, ein Reisebüro zerlegt", Blake hielt inne und funkelte sie kopfschüttelnd an. „Ein *Reisebüro*. Ernsthaft?" Blakes Augen sprühten vor Zorn und er zählte weiter auf. „Eine Häuserfront vernichtet, ein Hospital zerlegt, einen Arzt ins Koma geprügelt, einen anderen Arzt mit einem Defibrillator fast umgebracht, einen Bus entführt, einen Busfahrer krankenhausreif geprügelt und eine hilflose alte Frau entführt. Sollte ich etwas vergessen haben?"

„Ich habe immerhin den Hamster gerettet!", verkündete Mac Lane stolz. Er zog den toten Hamster aus der Tasche und hob ihn in die Höhe.

Wieder hallte ein Schuss durch den Raum. Mac Lane ging abermals kopflos zu Boden.

Blake schien sich nicht gerührt zu haben und doch lag die Waffe mit rauchender Mündung neben ihm auf dem Tisch. Er hatte sich so schnell bewegt, dass es für andere nicht wahrnehmbar gewesen war.

Flaubert stand einfach still da. Er versuchte nichts zu denken, nichts zu tun.

„Mac Lane", zischte Blake. „Ich bringe dich nur aus einem Grund nicht auf der Stelle um und zwar, weil du und Flaubert etwas für mich erledigen werdet. Etwas, das ihr Genies schon gestern Nacht hättet erledigen sollen, anstatt euch zu amüsieren." Blake griff sich die Tageszeitung vom Schreibtisch und breitete die Titelseite auf dem Tisch aus.

Flaubert trat, gefolgt von Mac Lane, der sich gerade aufgerafft hatte, näher. Flauberts Augen weiteten sich ungläubig und er öffnete unwillkürlich den Mund. Auf der Titelseite der Zeitung war sein Bild. Das Bild, das ein Mann vor dem Reisebüro von ihm gemacht hatte. **„Verrückter randaliert in Reisebüro – Polizei machtlos?"** Lautete die Überschrift.

Mac Lane lachte aus vollem Hals los.

„Chique", sagte Blake trocken. „Besonders die Blume im Haar, sehr neckisch. Die Zeitungen sind voll davon, gratuliere. Will ich wissen, was ihr da veranstaltet habt?", fragte Blake rhetorisch.

„Dafür kann ich nichts, Boss! Ich …", sagte Flaubert bis er Blakes zornigen Blick auffing.

Blake schüttelte nur den Kopf. Er zog eine Akte aus einem Stapel auf dem Schreibtisch hervor und schlug sie auf, dann legte er sie über die Zeitung. „Márkos Kraikos", sagte Blake. „Ihr hättet ihn gestern am Flughafen abholen und hierher bringen sollen."

„Chauffeur spielen für diesen Kerl? Was soll denn daran so schwer gewesen sein, dass du unbedingt uns beide dazu gebraucht hättest?" Flauberts Meinung nach gab es genug anderes Personal für eine so wichtige Aufgabe wie Babysitten.

„Das *Schwierige* an der Sache wäre gewesen, ihn *lebendig* hier abzuliefern", presste Blake wütend heraus. Seine Augen funkelten Flaubert bedrohlich an, sodass der instinktiv einen Schritt zurücktrat. „Ich habe mich nicht zum Sightseeing in New York herumgetrieben. Im Gegensatz zu euch habe ich gearbeitet". Blakes Finger glitten andächtig über die Knopfleiste sein Jacketts. „Die Gegenleistung für den Job in New York, waren Informationen. Natürlich hätte ich mir diese Informationen auch ohne Gegenleistung beschaffen können, aber auf Dauer gesehen sind vertrauensvolle, lebendige Kontakte mehr wert, als der kleine Aufwand. Nicht einmal *ich* kann überall gleichzeitig sein."

„Was für Informationen?", fragte Flaubert. Mac Lane versetzt ihm einen tadelnden Stoß mit dem Ellenbogen in die Rippen. „Schhh!"", zischte er Flaubert aus dem Mundwinkel an.

„Informationen über ein Artefakt", erklärte Blake. „Seine bloße Existenz war lange Zeit für einen Mythos gehalten worden." Blake nickte in Richtung der aufgeschlagenen Akte auf dem Tisch vor sich. „Dieser Mann sollte, zusammen mit einem Kollegen, zwei Edelsteine von Griechenland nach Tokyo überführen. Da unsere lieben Artgenossen in Griechenland jedoch nicht, anders als wir drei, das ausgesprochene Glück haben, unter der Sonne wandeln zu können, schickten sie zwei Sterbliche aus ihrem Gefolge."

„Lass mich raten, die Idioten haben sich in der Stadt verlaufen und wir sollen sie dir jetzt wiederbringen?" Mac Lane streichelte dem toten Hamster behutsam über den Rücken. Er hatte das Tier in der Zwischenzeit wieder in seinen Mantel gesteckt.

Blake wollte gerade antworten, als Flaubert ihn unterbrach. „Du kannst nicht immer alle Leute einfach als „Idioten" bezeichnen." Er sah Mac Lane verärgert an.

„Wenn sie aber doch Idioten sind?", fragte Mac Lane ruhig.

„Woher willst du das denn wissen? Du kennst die beiden Männer doch gar nicht."

„Na und? Was gibt 's denn da zu kennen? Die haben sich verlaufen. Solche Leute sind für mich Idioten."

„Sie haben sich in einer fremden Stadt verlaufen!"

„Und? Hätten ja einen Stadtplan mitnehmen können. Idioten!"

„*Sie haben sich nicht verlaufen, ihr verdammten Vollidioten! Sie sind tot!*" Blake war aufgestanden und stützte sich mit beiden Händen auf dem Tisch ab. Er kochte vor Wut.

„*Mr. Darkwater?*", ertönte Yumis Stimme unerwartet aus der Gegensprechanlage auf dem Schreibtisch.

„Was?" Blake brüllte in unverminderter Lautstärke in das Gerät. Er brauchte einen Moment um zu realisieren, woher die Stimme gekommen war und sich etwas zu beruhigen. „Was gibt es denn?"

„*Der 12-Uhr-Termin ist auf dem Weg nach oben.*"

„Danke", antwortete Blake knapp.

„*Schon gut P …*", erwiderte Yumi, bevor Blake die Verbindung hastig unterbrach. *Hundert Mal habe ich ihr schon gesagt, sie soll mich nicht so nennen!*, schoss es ihm durch den Kopf. Er sah Flaubert und Mac Lane an. Die beiden hatten unterdessen begriffen, dass es im Moment nicht ratsam war ihre höchst philosophische Diskussion fortzuführen.

„Also, nochmal zum Mitschreiben", sagte Blake wieder einigermaßen gefasst. „Márkos' Partner wurde direkt vor dem Flughafen zu einem Haufen Asche verbrannt. Er selbst hat es noch fast bis ins „Dead End" geschafft, seine Leiche wurde in einer Seitenstraße, in der Nähe des Hintereingangs gefunden und befindet sich unten im Labor zur Untersuchung". Blake kramte in den restlichen Akten auf dem Tisch und zog schließlich eine von ihnen heraus. Er schlug die Akte auf. Überwachungsbilder des Flughafeneingangs lagen in ihr. Das erste Bild zeigte die verkohlten Überreste eines Menschen, die auf dem Gehweg lagen und Passanten die stehengeblieben waren oder in Panik flohen.

Auf dem zweiten Bild war deutlich eine Gestalt in einer braunen Kutte zu erkennen, die über den verkohlten Überresten kniete. Auf dem dritten Bild war keine Spur mehr von ihr zu sehen. Wohin sie verschwunden war, ließ sich nicht sagen.

Auf den letzten Bildern sah man wie eine junge, blonde Frau etwas aus der Tasche des Toten zog. Der Gegenstand sah aus wie ein Schmuckdöschen.

„Sie", Blake deutete mit dem Finger auf die blonde Frau, „hat den ersten Stein. Was bedeutet, dass ihr sie finden und den Stein zu mir bringen werdet."

„Und wer ist die Frau?", fragte Flaubert.

„Eine Reporterin", sagte Blake. „Adresse steht in der Akte. Holt euch unten Polizeiausweise und Marken ab, dann fahrt zu ihrer Wohnung. Wie ihr an den Stein kommt oder was ihr mit ihr macht, ist mir egal. Ihr werdet sie ohnehin erledigen, wenn ihr habt, was ihr wollt. Verstanden?", fragte Blake und sah erst Flaubert und dann Mac Lane sehr eindringlich an.

„Sicher", sagte Mac Lane halbherzig. „Was ist mit dem zweiten Stein? Wissen wir wo er ist?"

„Darum kümmere ich mich selbst", sagte Blake bestimmt. „Ich habe da so eine Ahnung, wer ihn hat." Blake nahm das letzte Foto aus der Mappe und betrachtete es. Im Hintergrund war deutlich ein blondgelockter Junge in einem strahlend weißen Anzug zu erkennen. Blake starrte ihn an und verzog angewidert einen Mundwinkel.

Flaubert und Mac Lane sahen sich fragend an und zuckten ratlos mit den Schultern. Blake hatte gegen viele Dinge eine starke Abneigung, sodass sie unmöglich sagen konnten, woran er gerade gedacht hatte.

„Eines noch." Blake suchte Mac Lanes Blick. „Ihr werdet, selbstverständlich, nicht so saublöd sein und eure falschen Ausweise einem echten Polizisten unter die Nase halten."

„Selbstverständlich!" beteuerten Mac Lane und Flaubert synchron.

„Waffen bekommt ihr unten. Holt euch im Fuhrpark einen neuen Wagen. Flaubert wird fahren." Blake sah Mac Lane streng an. Auf keinen Fall wollte er eine zweite Verfolgungsjagd durch die Stadt.

„Damit wir die ganze Nacht bis zur Wohnung brauchen?", fragte Mac Lane schnippisch.

„Damit das klar ist: ihr Clowns haltet euch gefälligst zurück! Niemand zerlegt meine Stadt, verstanden? Weder irgendein Arschloch in einer Kutte, noch irgendein Arschloch, das für mich arbeitet! Oder ich reiße euch eure Ärsche persönlich ab und hänge sie mir als Trophäen an die Wand!"

Beide nickten verständig. Sie wussten, was im ersten Moment amüsant klingen mochte, war kein Scherz gewesen.

„Das soll aber nicht heißen, dass ihr den Kerl oder das Ding oder was auch immer es ist, nicht in den Arsch treten werdet, wenn es euch über den Weg läuft. Macht das Vieh kalt, wenn ihr die Gelegenheit habt", sagte Blake. „Aber lasst die Stadt in einem Stück!"

„Verstanden!" bestätigten beide und Flaubert nahm die Akte vom Tisch. „Schon unterwegs", sagte Flaubert und die zwei setzten sich in Richtung Tür in Bewegung.

Blake konnte hören, wie sie sich leise unterhielten. „Ich hole mir einen Raketenwerfer", sagte Mac Lane um Flaubert zu ärgern und grinste breit.

„Von wegen." Flaubert sah ihn mit strengem Blick an. „Wenn überhaupt, dann bekomme *ich* einen Raketenwerfer."

„Ich hatte die Idee zuerst", protestierte Mac Lane.

„Du bekommst aber keinen Raketenwerfer!", erwiderte Flaubert bestimmt.

„Einen Granatwerfer?" fragte Mac Lane hoffnungsvoll.

„Auch nicht!" Flaubert blieb hart.

„Dann lass mich wenigstens fahren", forderte Mac Lane.

„Dann kriegst du doch lieber den Raketenwerfer."

„Niemand bekommt hier einen beschissenen Raketenwerfer!", schrie Blake ihnen nach und seufzte tief. „Ich leite einen Kindergarten." Wenn er recht darüber nachdachte, waren die beiden vielleicht am Ende eine größere Bedrohung für seine Stadt, als die Kreatur in der Kutte.

Kapitel 2

Routine

1

„Spiel damit nicht 'rum", sagte Flaubert ernst und sah Mac Lane aus dem Augenwinkel heraus an.

Mac Lane saß auf dem Beifahrersitz und fingerte an seinem Sturmgewehr, der FN P90, herum, das er sich in der Waffenkammer hatte geben lassen.

„Red' nicht dauernd mit mir, als wäre ich blöd. Ich lade es nur", stellte Mac Lane ernst klar. „Erstens ist es gesichert und zweitens trainiere ich mit diesem Modell. Du solltest dir mal angewöhnen mich nicht immer zu unterschätzen." Mac Lane sah Flaubert ernst an, doch der ließ nur ein schwer deutbares Brummen hören. „Da vorne links", sagte Mac Lane, hakte die Waffe in einen Brustgurt ein und deutete auf ein Straßenschild in einigen Metern Entfernung.

Flaubert bog in die gewiesene Straße ein.

Seit ihrem Besuch bei Blake waren einige Stunden vergangen. Die falschen Ausweise herstellen zu lassen und sich mit Ausrüstung zu versorgen, hatte länger gedauert als erwartet. Auch die Fahrt in den Randbezirk Tokyos hatte einige Zeit in Anspruch genommen. In der Ferne senkte sich die Sonne langsam dem Horizont entgegen und tauchte das Wohnviertel in ein warmes, orangerotes Licht.

„Da drüben." Mac Lane zeigte auf ein mehrstöckiges Wohnhaus. „Nummer 271 b, Wohnung 613."

Flaubert parkte den Wagen auf einem günstig gelegenen Parkplatz direkt vor dem Gebäude. Mit einem leisen Seufzer lehnte er sich nach vorne auf das Lenkrad.

„Was ist?", fragte Mac Lane. Er hatte bereits die Beifahrertür geöffnet und war im Begriff auszusteigen.

„Ich habe irgendwie ein seltsames Gefühl bei der Sache", antwortete Flaubert sorgenvoll.

„Du und deine Gefühle", sagte Mac Lane. „Was soll schon passieren? Ist ein Routineauftrag." Er stieg aus dem Wagen und schlug die Tür hinter sich zu.

„Ja - Routine", brummte Flaubert missmutig. Irgendetwas würde Mac Lane bestimmt einfallen, um ihn auf die Palme zubringen. Flaubert stieg aus dem Wagen. „Hol bloß deinen „Hamsti" nicht raus", wies er Mac Lane an. „Das könnte die falschen Signale vermitteln."

„Nein, nein", beteuerte Mac Lane und winkte ab. „Er steht nicht gern im Rampenlicht. In der Manteltasche gefällt es ihm viel besser."

„Fein". Flaubert nickte. „Dann bringen wir' s mal hinter uns."

2

Ein schmaler, gepflasterter Weg aus rotem Klinker, schlängelte sich durch eine gepflegte Rasenfläche mit vereinzelten Bäumen und Büschen. Der Weg verlief geradewegs vom Parkplatz bis hinüber zum Eingang des Gebäudes.

Mitten auf dem Weg blieb Mac Lane plötzlich stehen. Er hatte das unbestimmte Gefühl, beobachtet zu werden. Er sah sich langsam um und starrte dann zu einer Reihe von Bäumen und Büschen hinüber. *Hat sich da drüben nicht gerade 'was bewegt?*

Ein huschender Schatten.

Eine leichte, abendliche Brise fuhr durch die Kronen

der Bäume und ließ ihre Blätter leise rascheln. Möglicherweise hatten ihm der Wind und die abendlichen Schatten nur einen Streich gespielt. Vielleicht aber auch nicht.

„Was ist?", fragte Flaubert und blieb ebenfalls stehen. Er sah seinen Partner fragend an.

Mac Lanes Blick glitt sorgsam von links nach rechts. „Weiß nicht", sagte er angespannt. Mac Lane hatte immer noch das unbestimmte Gefühl beobachtet zu werden - und auf seinen Instinkt konnte er sich verlassen. „Ich glaube jemand beobachtet uns."

„Sicher?", fragte Flaubert, obwohl er wusste, dass man sich in dieser Hinsicht voll auf Mac Lane verlassen konnte. Sein Instinkt hatte sie schon früher vor einigen Hinterhalten bewahrt.

„Was zum … ?", stammelte Mac Lane verdutzt.

„Was denn?", fragte Flaubert beunruhigt. Seine Augen huschten nervös von Schatten zu Schatten.

„Es ist weg. Das Gefühl, es ist wieder *weg*", sagte Mac Lane verdutzt. Er starrte die Bäume an. „Etwas stimmt hier nicht. Etwas stimmt hier ganz und gar nicht!", stellte Mac Lane gerade noch fest, dann riss er entsetzt die Augen auf. *Wie ist das möglich?*, dachte er. Mac Lane wirbelte herum. In Situationen wie diesen war Mac Lane besonders dankbar dafür, zu wissen, wie man das Bewegungstempo des untoten Körpers extrem erhöhen konnte. Schnell wie eine Pistolenkugel stieß er Flaubert zur Seite. Mit der anderen Hand zog er die Waffe. In einer fließenden Bewegung brachte er sie in Anschlag und feuerte.

Die monströse, zwei Meter große Kreatur war wie aus dem Nichts hinter ihnen erschienen. Ihr muskulöser, annähernd menschlicher Körper war von lederiger, rot-brauner Haut bedeckt. An einigen Stellen brachen glänzende, schwarze Stacheln, groß wie Bullenhörner, durch die Haut. Der Kopf hatte nichts Menschliches an sich. Es war ein langgezogener, rattenhafter Schädel, über den mittig ein

Kamm aus kleinen schwarzen Hörnern verlief. Zwei Paare übereinanderliegender, kleiner, gelber Augen starrten die Männer finster an. Die lange Schnauze der Kreatur öffnete und schloss sich mehrmals gierig. Reihen messerscharfer Reißzähne klackten. Ihr langer, kräftiger Schwanz peitschte aufgeregt hin und her. Als wäre die Kreatur nicht auch so furchteinflößend genug gewesen, schnappte am Ende des Schwanzes ein haifischartiges Maul auf und zu.

Die Kreatur hatte Mac Lanes Kugeln mit einem gewaltigen Feuerstoß aus ihrem Rachen einfach abgewehrt. Die dicke, grüne Zunge schob sich erwartungsvoll aus dem Maul hervor und leckte genüsslich über die scharfen Zähne.

„Der gehört dir!", rief Flaubert und richtete sich eilig wieder auf. „Ich hole die Frau!", sagte er und stürmte in Richtung Wohnblock davon.

„Ganz toll!", fluchte Mac Lane. „Na, du Vieh? Tänzchen?"

Die Kreatur war offenbar gleicher Meinung. Mit einer Geschwindigkeit die ihr Mac Lane nie zugetraut hätte, sprang sie auf ihn zu. Der erste Hieb ihrer riesigen Klauen ging daneben. Mac Lane war zurückgewichen.

Ein zweiter Hieb folgte. Mac Lane wich wieder aus. Erneut fegten die messerscharfen schwarzen Klauen der Kreatur nur knapp an ihm vorbei.

Sie schlug einen Abwärtshaken, doch Mac Lane entkam. Ihr Schlag hatte sein eigentliches Ziel zwar verfehlt, war aber nicht ins Leere gegangen. Der wuchtige Schlag hatte den Gehweg getroffen und ein halbes Dutzend der roten Klinker zerbarst scheppernd. Rasend vor Wut darüber, dass Mac Lane ihren Angriffen bisher ausgewichen war, bäumte sich die Kreatur auf. Ein markerschütternder Schrei drang aus der Tiefe ihrer Kehle.

„Mistvieh!", keuchte Mac Lane. Er war am Zug. Die ganze Zeit über hatte er seine Waffe fest umklammert gehalten. Er legte an - es war keine Zeit penibel zu zielen – und drückte ab. Einige Körpertreffer, mehr brauchten es im Moment nicht zu sein. Das Wichtigste war Zeit für Flaubert zu gewinnen. Und wenn dieses Ding dabei drauf ging, war es Mac Lane auch mehr als recht. Doch sein Spiel war riskant.

Auf Dauer würde er es nicht schaffen dieses Tempo zu halten. Nicht ohne frisches Blut, der Quelle aller vampirischen Kräfte. Blut steigerte seine Geschwindigkeit, seine Kraft und einiges mehr.

Mac Lane hatte nur einen kurzen Feuerstoß abgegeben, vier oder fünf Kugeln. Doch der große Erfolg war ausgeblieben. Die Kreatur war so schnell, dass sie dem größten Teil der Projektile hatte ausweichen können - dem größten Teil. Sie heulte auf, doch dieses Mal vor Schmerz. Mac Lane hatte es geschafft zwei Treffer zu landen.

Der erste Treffer, ein Streifschuss, hatte den linken Oberarm der Kreatur erwischt. Der zweite Treffer hingegen steckte tief in der linken Schulter. Zähflüssiges, blaues Blut quoll aus den Wunden hervor. Das Biest tobte.

Mac Lane verspürte eine geringfügige Erleichterung. *Es ist also verwundbar. Und es spürte Schmerz. Gut,* dachte Mac Lane und schaltete seine Waffe in Dauerfeuer-Modus. *Wenn ich es verwunden kann, kann ich es auch töten.* Mac Lane wollte gerade wieder ansetzen und schießen, als die Kreatur abrupt verstummte. Einen Moment lang konnte er nur dastehen und sie anstarren.

Sie tat nichts. Einen Augenblick lang, tat sie gar nichts. Dann legte sie ihre rechte Hand ruhig auf die blutende Wunde an der Schulter und schloss die Augen.

Gleißende Flammen schlugen aus dem Spalt zwischen der aufgelegten Hand und der Schulter der Kreatur hervor. Sie stieß einen gellenden Schmerzensschrei aus. Als sie ihre Hand langsam von der Schulter zurückzog, war die Wunde verschwunden.

Die Kreatur riss ihren Kopf herum und starrte Mac Lane mordlüstern an. Sie raste vor Wut. Ihre unheimlichen, gelben Augen hatten sich zu bösartigen Schlitzen verengt.

Wenn es stimmt, was man sagt, dachte Mac Lane. *Und die Augen wirklich der Spiegel der Seele sind, dann hoffe ich, dass dieses Ding keine hat.* Er hatte kaum genug Zeit gehabt, diesen Gedanken zu fassen, als es weiter ging.

Die Kreatur schnellte vor, direkt auf Mac Lane zu. Im Sprung, auf halber Strecke zu ihm, wirbelte sie plötzlich herum. Ein Angriff mit ihrem mächtigen Schwanz.

Mac Lane hatte sich ablenken lassen. Nur für einen Moment zwar, aber doch ablenken lassen. Er hechtete nach links, um dem Schwanz und den messerscharfen Zähnen an dessen Ende zu entkommen. Mac Lane konnte hören, wie hinter ihm Holz zersplitterte.

Die Kreatur hatte die Zähne am Schwanzende tief in den Baumstamm gegraben und ein mächtiges Stück davon herausgebissen. Der Schwanz zuckte in Mac Lanes Richtung und spie die Trümmer aus.

„Cleveres Mistvieh!", fauchte Mac Lane. *Holzsplitter. Wenn ich etwas gar nicht brauchen kann, dann sind es Holzsplitter!* Ein Holzsplitter in sein untotes Herz getrieben, würde ihn lähmen und der Kampf wäre entschieden. Eine gestreckte Rolle seitwärts rettete ihn vor dem Splitterschauer. Kaum ausgewichen, riss Mac Lane seine Waffe wieder in den Anschlag. Dann stutzte er.

Die Kreatur war in der Luft und schon beinahe über ihm. Sie musste gesprungen sein, gleich nachdem sie den Trümmerregen ausgespien hatte und war ihm direkt gefolgt.

Mac Lane ließ die Waffe los. Er warf sich mit Schwung nach hinten, um scheinbar zu einem Rückwärtssalto anzusetzen. Tatsächlich aber hatte er etwas völlig anderes im Sinn. Mac Lane hatte sich in einen Handstand begeben und die Beine angezogen. Auf dem Höhepunkt dieser Bewegung stieß er sich mit voller Kraft mit beiden Armen vom Boden ab und streckte seinen Körper pfeilschnell gerade durch.

Mac Lanes Tritt hatte die Kreatur mit voller Wucht unter dem Kinn getroffen. Sie ließ einen winselnden Laut hören und ein Stück der dicken, grünen Zunge landete, abgebissen, neben Mac Lane auf dem Rasen. Seine Attacke war so kraftvoll gewesen, dass die Kreatur fast zwei Meter zurückgeschleudert worden war.

Mac Lanes Füße schmerzten – als hätte er gegen einen Stahlträger getreten. Kugeln konnten die Haut der Kreatur zwar mühelos durchschlagen, doch ihre Knochen mussten unglaublich hart sein. *Ein guter Grund mehr, sich nicht auf einen Nahkampf mit ihr einzulassen*, fand Mac Lane. Heftiger Schmerz loderte in seiner rechten Wade auf. Er blickte an sich hinab und stellte fest, dass er sich bei seiner Aktion den rechten Unterschenkel ein weites Stück an den scharfen Zähnen der Bestie aufgerissen hatte.

Die Kreatur hatte aufgehört zu wimmern und war wieder auf den Beinen. Gierig auf Mac Lanes Fleisch, stürmte die Kreatur mit weit geöffnetem Rachen auf ihn zu.

Wenigstens hatte Mac Lane das Biest etwas von sich wegstoßen können. Er wollte die Kreatur, wenn es irgendwie ging, nicht wieder in Nahkampfreichweite kommen lassen. Auf keinen Fall. Als Monsterhappen, darin waren sich Mac Lane und Hamsti einig, war er zu schade.

Auf die Augen!, ertönte die Stimme des toten Hamsters in Mac Lanes Kopf. Seit er ihn besaß hatte der Hamster zu ihm gesprochen, doch nie zuvor so … *deutlich*.

„Auf die Augen?", wiederholte Mac Lane. „Auf die Augen!" Mac Lane zögerte nicht und nahm die Augen der Kreatur ins Visier. Dann wartete er ab. Es war riskant zu warten, aber er wollte ihr keine zweite Gelegenheit geben, seine Geschosse in der Luft abzufangen. Die Kreatur setzte zum Sprung an und Mac Lane nutzte diese Chance. Im letzten Moment gab er einen Feuerstoß ab.

Treffer.

Ein Schwall zähen, blauen Blutes schoss aus den getroffenen Augenhöhlen. Vor Schmerz quiekend und halb blind, sprang die Bestie über Mac Lane hinweg. Winselnd und quiekend rieb sich die Kreatur mit dem Handrücken die Wunde und taumelte zum Wohnblock hinüber und rieb sich ihre Wunde an der Mauer.

Wie ein Hund, dachte Mac Lane. *Wie ein Hund den eine Biene gestochen hat.* „So geht das!", rief Mac Lane schließlich schadenfroh.

Die Gelegenheit war günstig und Mac Lane nutzte sie um seine eigene Wunde zu heilen. Im Gegensatz zu manch älterem Vampir, waren er und Flaubert nicht dazu in der Lage sich im Kampf zu regenerieren. Noch nicht. „Wie neu." Zufrieden betrachtete Mac Lane sein verheiltes Bein. Dann stand er auf und wandte sich wieder der Kreatur zu, die noch immer an der Hauswand stand und ihre Wunde rieb. Sie war völlig auf die Verletzung konzentriert.

Einfache Beute. Mac Lane grinste und legte an. Er kam nicht dazu abzudrücken. Die Kreatur hatte abrupt aufgehört, sich am Gebäude zu scheuern. Sie warf den Kopf herum und starrte Mac Lane mit irrsinnigem Ausdruck an.

Mac Lane stutzte. *Das kann nichts Gutes bedeuten,* dachte er, schüttelte seine Verwirrung ab und feuerte.

Das Ding war weg. So plötzlich, wie es erschienen war, war es auch wieder verschwunden.

Mac Lanes Projektile hämmerten in die Fassade des Gebäudes.

Mit großen Schritten eilte Flaubert die Stufen des Treppenhauses hinauf. „Routine. Hah!", lachte er und schüttelte den Kopf. Es hatte auch viel zu simpel geklungen: Einfach die Frau ausfindig machen, den Stein holen und wieder verschwinden. Viel zu einfach.

Flaubert dachte an Mac Lane und wie er sein Glück unten mit dem Biest versuchte. Er war sich sicher, dass Mac Lane auch gut allein mit der Situation zurechtkommen würde. Zumindest hoffte er es aufrichtig. Trotzdem konnte es nicht schaden, wenn er den Stein so schnell wie möglich fand.

Sechster Stock.

Flaubert riss die Tür des Treppenhauses beinahe aus den Angeln. „Nummer 631. Wo ist die verdammte 631?", plapperte er und blickte den Flur entlang nach links und rechts. Er zuckte mit den Schultern und bog nach links ab. Irgendwo musste er schließlich anfangen zu suchen.

Die erste Wohnung rechts: Nummer 627. Er hatte sich für die richtige Seite entschieden. „628 … 629 … 630 … ", zählte Flaubert im Vorbeirennen mit. „631! Na endlich." Er hielt an und hämmerte wie wild auf die Tür ein; seine Version eines freundlichen Anklopfens.

Nervös blickte er den Gang entlang. Die Abendsonne schimmerte rötlich durch das große Fenster am Ende. Irgendwo dort unten kämpfte Mac Lane jetzt gerade mit dem roten Biest.

„Nun mach schon! Mach schon! Aufmachen! Polizei!", brüllte Flaubert ungehalten. Hastig kramte er die Polizeimarke aus der Manteltasche.

Die Tür wurde langsam geöffnet und Flauberts letzte Schläge gingen ins Nichts. „Na end … " Flaubert stutzte.

Eine kleine, alte Dame hatte die Tür geöffnet. Die alte Dame kniff die Augen kräftig zusammen und versuchte zu erkennen, wer da vor ihrer Tür stand. Bevor sie die Gelegenheit hatte irgendetwas zu unternehmen, hatte Flaubert ihr bereits seine Dienstmarke direkt vor das Gesicht gehalten. „Polizei! Wo steckt ihre Tochter?", fragte Flaubert hastig.

„Keine Tochter", antwortete die alte Dame knapp und blinzelte verwirrt.

„Was?", fragte Flaubert verdutzt.

„Ich habe keine Tochter", sagte die alte Dame und zuckte mit den Schultern.

„Was?", wiederholte Flaubert blinzelnd. Die Antwort der alten Dame hatte ihn überfordert.

„Ich habe keine Tochter. Nur zwei Söhne", erklärte sie.

„Wieso?", fragte Flaubert völlig perplex.

„Was heißt hier "Wieso"?", empörte sich die alte Dame.

„Sind sie sicher, dass sie keine Tochter haben?", fragte Flaubert unnachgiebig.

„Ich werde wohl noch wissen, welches Geschlecht meine Kinder haben!", fauchte die Alte zurück.

„Sie wollen mir nur nicht helfen! Sie haben eine Tochter! Sie müssen eine Tochter haben! Eine Tochter die Reporterin ist!", erklärte Flaubert mit der Marke wedelnd.

„Trottel", sagte die kleine, alte Dame und schüttelte den Kopf. „613. Da hinten", sagte sie knapp und deutete den Gang entlang. „Falsche Wohnung."

Flaubert blickte den Gang entlang und seufzte. Er hatte die Zahlen vertauscht.

„Dass so jemand wie Sie Polizeibeamter ist, werde ich nie verstehen", sagte die Alte gehässig.

„Fangen sie bloß nicht so mit mir an!", schrie Flaubert. „Ich habe keine Zeit für ihren Scheiß. Rein da und Klappe halten!", befahl er, gab der Alten einen beherzten Schubs und riss die Wohnungstür wieder ins Schloss. „Dämlicher Vorstadtzombie … "

Flaubert hastete den Flur entlang, vorbei am Treppenhaus und weiter in Richtung 613. Erst vor der Wohnungstür hielt er an.

Er hatte gerade die Hand gehoben, um anzuklopfen, als er innehielt. Er sah die Tür kurz an, dann zuckte er mit den Schultern. „Ach scheiß drauf … ", brummte er. Mit einem kräftigen Tritt hatte er die Tür aufgebrochen. Flaubert hatte keine Zeit und auch keine Lust mehr, noch einmal das lustige „Anklopf-Spiel" zu spielen. „Polizei!", brüllte Flaubert in die Wohnung.

„Was haben sie gemacht?", fragte eine junge Frau mit langem, blondem Haar. Sie stand zwischen dem Tresen, der ihre Küche gegen das Wohnzimmer abgrenzte und ihrem Sofa. Ihre großen, blauen Augen starrten abwechselnd Flaubert und die Reste ihrer Wohnungstür an.

Kein Zweifel, sie war die Frau von dem Foto, das Blake ihnen gezeigt hatte.

„Tut mir leid", entschuldigte sich Flaubert. „Ich habe es etwas eilig!" Er hob die Dienstmarke hoch und wedelte damit einen Moment lang übertrieben theatralisch vor dem Gesicht der Frau herum. „Sie waren gestern am Flughafen?"

„Was? Ja …", gab sie erstaunt zu.

Flaubert konnte hören, dass ihr Herz angefangen hatte schneller zu schlagen. Sie hatte Angst.

„Wieso fragen sie?" Sie wich einen Schritt zurück.

„Sie haben etwas an sich genommen. Etwas, dass sie einem Toten gestohlen haben. Wo ist es?" Flauberts ohnehin begrenzte Geduld, neigte sich dem Ende zu. *Scheiß auf höflich! Scheiß auf Tarnung! Ich muss zurück!*

„Ich … Es ist … im Schlafzimmer", stammelte die junge Frau nervös. Sie deutete hektisch in Richtung einer offenstehenden Tür. „Ich werde es für sie holen!", beteuerte sie und bewegte sich langsam rückwärts auf die Tür zu. Auf diese Weise konnte sie Flaubert ständig im Blick behalten.

„Ich komme mit!", sagte Flaubert.

„Nein, nein! Nicht nötig. Es ist gleich hier", wehrte die Frau ab. Wieder deutete sie auf den Raum zu ihrer Rechten. „Ich habe es gleich hier, neben der Tür, auf meiner Kommode."

„Dann her damit!", befahl Flaubert. Abhauen konnte sie nicht. Wo sollte sie auch hin? Im sechsten Stock aus dem Fenster klettern? Wohl eher nicht.

Die junge Frau verschwand eilig in ihrem Schlafzimmer.

Flaubert ließ in der Zwischenzeit seinen Blick durch die Wohnung schweifen. Es gab viele Fotos an den Wänden. Auf den meisten waren zwei junge Frauen zu sehen. Die eine von beiden war die Reporterin, die andere Frau, ihr zum Verwechseln ähnlich, war vermutlich ihre Schwester. *Stehen sich wohl sehr nahe,* dachte er und nahm ein gerahmtes Bild von der Wand.

Die Schlafzimmertür wurde geschlossen.

Flaubert sah sich zu ihr um. „Alles in Ordnung?", fragte er skeptisch.

Ein panischer, schriller Schrei zerteilte die Stille.

Flaubert fuhr herum, ließ den Bilderrahmen fallen und stürmte los. Er hatte seine beiden Pistolen unter dem Mantel hervorgezogen und war mit zwei großen Schritten an der Tür zum Schlafzimmer. Aus dem Schwung seines Ansturms heraus, versetzte er auch dieser Tür einen Tritt. Die Tür wurde aus den Angeln gerissen, flog durch den Raum und krachte an die gegenüberliegende Wand. Flaubert stürmte mit gezogenen Waffen in den Raum.

In der hinteren linken Ecke des Zimmers, zusammengekauert zwischen Bett und Kleiderschrank, saß die Reporterin. Ihr tränenüberströmtes Gesicht war von Angst verzerrt. Sie hielt ein Handy fest umklammert und schrie. Sie hatte Todesangst.

Vor ihr stand „Es", das Ding in der Kutte. Die Gestalt, die sie von den Fotos am Flughafen kannten, war wieder da. Eine Welle eisiger Kälte umgab die Gestalt und breitete sich um sie herum aus.

Flauberts Augen weiteten sich erstaunt. *Wie ist das Ding hier reingekommen? An mir vorbei sicher nicht. Kann es hier gewartet haben?*

Die Gestalt wandte sich zu Flaubert um.

„Ach nö ...", rief Flaubert und verzog angewidert das Gesicht. Er konnte Ärger eigentlich nicht ausstehen, ganz besonders Ärger, der ihn sein untotes Leben kosten konnte. Ohne weiter abzuwarten zuckte er kurz mit den Schultern. „Was soll 's!" Flaubert fing an aus beiden Waffen auf die Gestalt zu feuern.

Mit beeindruckendem Geschick, geradezu akrobatischer Kunstfertigkeit, tanzte die Gestalt mühelos um jede einzelne Kugel herum.

Erst als die Schlitten beider Waffen reglos stehenblieben, weil jede Kugel verschossen war, hörte Flaubert auf zu feuern. Kein einziger Schuss hatte getroffen.

Nur knapp ein Meter trennte ihn noch von der Kreatur, die sich währenddessen auf ihn zubewegt hatte. Flaubert hasste dieses Ding schon jetzt. „Na und? Soll ich jetzt beeindruckt sein? Das kann ich auch, du dämliche Moderkutte!", prustete er und tat unbeeindruckt. Flaubert ließ die Waffen fallen. Bevor sie am Boden aufschlugen, hatte Flaubert der Gestalt eine schnelle, linke Gerade und einen rechten Haken versetzt. „Scheiße!", fluchte er und rieb sich die Hand. Es war als hätte er gegen einen Stahlträger geschlagen. „Verdammt, Betsy, was war denn heute Morgen in deinen Frühstücksflocken?"

Die Gestalt taumelte einige Schritte zurück, dann geriet sie ins Schwanken. Sie griff nach dem Kleiderschrank und hielt sich mit einer entstellten, klauenhaften Hand daran fest. Als wäre nichts gewesen, richtete sie sich wieder auf und starrte Flaubert an.

„Was zum ... Teufel ...?", stotterte Flaubert entsetzt. Ihr Anblick hatte ihm die Sprache verschlagen.

Durch die Schläge und ihren Beinahe-Sturz, war der Gestalt die Kapuze vom Gesicht gerutscht. Die linke Hälfte ihres Gesichts war die eines männlichen Erwachsenen - eines erwachsenen *Menschen*. Die rechte Hälfte des Gesichts jedoch, war das genaue Gegenteil: Dicke, schuppige, rotbraune Haut spannte sich über die nur noch annähernd menschlichen Gesichtszüge. Kleine und große schwarze Stacheln ragten aus der Haut. Der Mund war leicht schräg nach rechts verzogen und schien dabei schnauzenartig nach vorne zu wachsen. Eine Reihe dolchartiger, kleiner Reißzähne war deutlich zwischen den geöffneten Lippen hindurch zu erkennen.

Zwei Paar gelbe Augen! Flaubert wusste genau, woran ihn diese Kreatur erinnerte: Das Ding, mit dem Mac Lane im Vorgarten kuschelte.

Ein Rinnsal aus violettem Blut ran über die Lippe der Gestalt. Sie wischte sich das Blut mit dem Rücken der rechten Hand ab und starrte es einige Sekunden lang an. Zorn loderte in ihren bösen, kleinen Augen auf, als sie Flaubert wieder ansah. Die Gestalt knurrte, dann richtete sie ihre Klauenhand ruckartig auf Flaubert und ein gleißender Feuerstrahl schoss aus ihr hervor.

Feuer - In der Regel ein sicheres Rezept, um einen Vampir endgültig zu vernichten.

„Shit!", rief Flaubert. Mit einem flinken Hechtsprung hatte er sich aus der Schusslinie gebracht und war im Wohnzimmer gelandet. „Routine ... Von wegen. Auf solche Routine kann ich verzichten!" Flaubert richtete sich auf und sah vorsichtig in Richtung Schlafzimmertür.

Die Gestalt erschien wie auf Kommando und zog sich ihre Kapuze wieder über den Kopf. Noch während sie das tat, ging Flaubert wieder auf sie los. So einfach gab er nicht auf. Auch die härtesten Knochen konnten brechen, man musste nur hart genug zuschlagen. Und dieses Ding hatte ja noch keine Ahnung, welche Kraft *wirklich* in seinem untoten Körper steckte.

Flaubert setzte zu einem rechten Haken an, doch die Gestalt wich zurück. Der Schlag ging an ihr vorbei und doch flog sie getroffen durch den Raum. Flaubert hatte nie die Absicht gehabt, ihr einen Schlag zu versetzen. Sein Schlag hatte dem eigentlichen Angriff nur zusätzlichen Schwung gegeben. Flaubert hatte seinen Körper der Abwärtsbewegung des Schlags folgen lassen und eine Drehung auf dem rechten Fuß gemacht. Das Ergebnis war ein kraftvoller Tritt mit dem linken Fuß, direkt an den Kopf der Gestalt.

Flauberts Treffer hatte sie über den Tresen der Küche hinweggekatapultiert und ungebremst in den Kühlschrank krachen lassen. Die Wucht des Aufpralls war so heftig, dass die Kühlschranktür stark eingedrückt wurde und sich ihre Scharniere verzogen.

„Zwei zu null!", erklärte Flaubert und ging um den Tresen herum.

Die Gestalt saß in einem Haufen Scherben von zerbrochenen Milchflaschen, aufgeplatzten Joghurtbechern und anderen Nahrungsmitteln. Sie war offenbar bewusstlos und rührte sich nicht.

Flaubert beugte sich hinab, packte sie mit beiden Händen fest am Kragen und hob die reglose Gestalt mühelos auf Augenhöhe. Ein Grinsen huschte über sein Gesicht. *Das Ding wäre erledigt,* dachte er.

Mit einem plötzlichen Ruck schnellte die menschliche Hand der Gestalt hoch, packte Flauberts Schulter und krallte sich fest. Auch ihre monströse Rechte schnellte empor und legte sich mit gespreizten Klauen auf Flauberts Brust.

„Du verdammtes …", fluchte Flaubert entsetzt.

Unter der Kapuze der Gestalt ragte gerade genug von ihrem Gesicht hervor, dass Flaubert ein breites Grinsen erkennen konnte. Ein breiter Fluss aus Blut, dessen Quelle in den Schatten der Kapuze verborgen blieb, strömte über die menschliche Gesichtshälfte und tropfte vom Kinn. Flauberts Tritt hatte die menschliche Seite schwer getroffen.

Flaubert spürte wie sich unglaubliche Hitze von der Klaue auf seiner Brust ausbreitete. Wenn diese Attacke nur annähernd so stark war, wie die Flammenlanze zuvor, hatte er ein ernstes Problem. Flaubert löste seine linke Hand vom Kragen und fing an mit geballter Faust auf die Kapuze einzuhämmern. Seine Hand schmerzte fürchterlich, aber er schlug weiter zu. Er schlug und schlug, bis das Blut der Gestalt unter der Kapuze hervorspritzte.

Die Gestalt röchelte.

Flaubert holte wieder aus. Seine Hand war inzwischen über und über mit Blut verschmiert - und ein guter Teil davon war sein eigenes. Mit jedem Schlag hatte er sich die Haut an den Stacheln der Gestalt aufgerissen. Nach all diesen Schlägen glich seine Hand nur mehr einem fleischigen Klumpen. Einige Knochen waren gebrochen und kaum ein Finger ließ sich ordentlich bewegen. Flaubert schrie. Hitze und Schmerz durchströmten seinen Körper. Seine Schläge hatten nichts bewirkt. Nichts oder zu wenig. In blinder Panik warf er den Kopf herum. *Bratpfannen!*

An einer Vorrichtung unter der Decke, links neben ihm, hingen Töpfe und Pfannen. Flaubert reckte sich nach den Pfannen, griff jedoch vorbei.

Die Hitze wurde stärker.

Er versuchte es erneut. Geschafft. Entsetzlicher Schmerz schoss durch seine Hand, als er sie um den Griff der Pfanne schloss. Flaubert schrie auf. Schmerz, Wut und Blutverlust zusammen hatten es geschafft. Das „Notfall-Protokoll" seines untoten Körpers war aktiv geworden und hatten die Bestie geweckt.

Raserei. Blutrausch. Blutwahnsinn.

Es gab unter den Untoten viele Bezeichnungen für diesen Zustand. Unbändige Kraft durchströmte den Körper eines Vampirs im Blutrausch. Doch diese Kraft war eine Kraft ohne Verstand. In diesem Zustand gab es keinen Unterschied mehr zwischen Freund und Feind. Es gab keinen Schmerz. Keine Reue. Keine Moral. Nur Erschöpfung oder Tod konnten einen rasenden Vampir noch stoppen.

Flaubert holte weit aus. Wahnsinn und der Drang zu töten loderten in seinen rot glühenden Augen auf. Er schlug zu. Die Bratpfanne traf die Gestalt mit der Wucht einer Abrissbirne am Kopf. Knochen brachen knackend. Eine Fontäne zähen, violetten Blutes spritzte unter der Kapuze hervor. Herausgeschlagene Reißzähne flogen durch den Raum. Die Gestalt quiekte vor Schmerz. Die beiden Gegner ließen einander los.

Die Gestalt ging zu Boden. Flaubert ließ die Pfanne fallen und starrte die Gestalt an. Sie hielt sich ihr Gesicht mit der Klauenhand und quiekte jämmerlich, während sie versuchte auf die Beine zu kommen.

Flaubert nahm die schwere, verbeulte Tür des Kühlschrankes und brach sie mit Leichtigkeit heraus. Er packte die Tür am unteren Rand und hob sie über den Kopf. Mit einem animalischen, wutschnaubenden Aufschrei schlug er zu, wie mit einer übergroßen, stählernen Fliegenklatsche.

Die Gestalt schrie vor Schmerz. Ein durch Mark und Bein gehender, hoher Schrei. Flaubert hatte nur ihre Beine erwischt. Die verkrüppelten Beine zuckten nur noch, denn die enorme Wucht des Schlags hatte sie mehrfach gebrochen und zerquetscht.

Flaubert hob die Tür erneut über den Kopf. Die Gestalt winselte heftig. Ihre Beinstummel zuckten, als sie vergeblich versuchte sich davonzuschleppen. Flaubert ließ die Tür ein zweites Mal, mit der Unterkante senkrecht voran, hinabsausen. Wie eine gigantische Guillotine trennte sie die

Beine der Gestalt knapp oberhalb ihrer Knie ab und versank bis zur Hälfte im Fußboden.

Die Gestalt brachte nur noch ein heiseres Röcheln heraus. Leise röchelnd, und ab und zu stöhnend, versuchte sie sich auf die Unterarme gestützt in Sicherheit zu schleppen. Gerade als sie sich umschaute, um zu sehen, ob Flaubert ihr folgte, landete er auf ihr.

Flaubert war gesprungen und hatte den Schwung des Sprunges voll ausgenutzt. Mit beiden Fäusten schlug er auf ihren Kopf ein. Knochen barsten. Blut spritzte. Der Fußboden bekam Riss durch die Wucht der Schläge. Die Gestalt spie gurgelnd einen Schwall Blut aus - sie hatte eigentlich schreien wollen. Sie schlug und fuchtelte wild um sich und versuchte Flaubert loszuwerden. Ohne Erfolg.

Flaubert stattdessen holte wieder aus. Mit beiden Fäusten schlug er auf das Gesicht der Gestalt ein. Sie spuckte nochmals Blut und ihre Gegenwehr begann zu erliegen. Rasender Irrsinn loderte in Flauberts Augen. Wieder schlug er mit beiden Fäusten zu. Doch dieses Mal hielt er nicht nach einem Schlag inne. Nach jedem Schlag riss er die Fäuste erneut empor und hämmerte weiter auf die Gestalt ein. Schlag um Schlag.

Die Gegenwehr seines Kontrahenten war nach dem vierten Treffer zum Erliegen gekommen. Flaubert hatte es nicht einmal bemerkt. Erst als der Schädel der Gestalt zu einem blutigen Brei aus Knochen, Muskeln und Gehirnmasse vor ihm über den Boden lief, hielt er inne. Die Mordlust schwand ganz langsam. Flauberts Verstand kehrte allmählich zurück und mit ihm der Schmerz. Er sah sich um. Das Rauschen von Blut war alles, was er im Moment hörte. Sein Blick fiel auf die Schlafzimmertür.

Ein riesiger Schatten an der Schlafzimmerwand. Hektische Bewegungen. Leise Schreie. Dann bestialisches Gebrüll. All das drang durch den Vorhang des Rauschen an Flaubert heran. Ein massiger, roter Schwanz zuckte durch die Tür und wieder zurück. *Hat Mac Lane verloren?*

Flaubert versuchte aufzustehen, schaffte es jedoch nicht. Um ihn herum begann sich alles zu drehen. Er sank zurück auf den Boden und brach bewusstlos zusammen.

4

„Flaubert!" Mac Lane hatte sich über Flaubert gebeugt und schüttelte ihn. „Flaubert! Aufwachen! Was ist passiert? Wo ist der Stein? Wo ist die Frau?"

Flaubert blinzelte. „Mac Lane?", fragte er benommen.

„Wie geht's dir?", fragte Mac Lane besorgt. Er tröpfelte etwas von seinem Blut aus einer kleinen Wunde in der Handfläche in Flauberts Mund.

„Wundervoll. Ging mir nie besser als vorher", stöhnte Flaubert. Er genoss das warme Blut, das seine Kehle hinunterlief.

„Wundervoll, du sagst es. Wo steckt die Frau?", fragte Mac Lane und sah sich in der zertrümmerten Küche um.

Flaubert rieb sich den schmerzenden Schädel. „Da", brummte er und deutete mit der blutigen Linken in Richtung Schlafzimmer.

Mac Lane stand auf. „Du kommst klar?", fragte er und war bereits auf halbem Weg ins Schlafzimmer.

Flaubert rieb sich den Kopf und stöhnte leise. "Sicher. Geh schon", murmelte er und setzte sich, an den Tresen gelehnt, auf.

Mit der Waffe im Anschlag betrat Mac Lane vorsichtig das Schlafzimmer. Das Erste was er sah war Blut. Die Wände, der Boden, die Decke, Schränke, Regale, Bettwäsche, einfach alles war mit Blut verschmiert.

In der hintersten Ecke des Raumes, unterhalb des Fensters, lag die zerfetzte Leiche der Frau. Ihre gebrochenen Rippen ragten wie große, skelettierte Finger aus dem brutal aufgerissenen Brustkorb heraus. Teile der Eingeweide und ein - offenbar ausgerissener - Arm lagen im Raum verteilt.

„Es tut mir leid", seufzte Mac Lane betroffen. Er senkte die Waffe.

Blake hatte die Ermordung der jungen Frau nicht ohne Grund so deutlich betont. Wenn es um Frauen ging, neigten Mac Lane und Flaubert dazu derartige Anordnungen zu ignorieren.

Mac Lane seufzte, dann begann er damit sich umzusehen. Hier und dort gab es blutige Abdrücke riesiger Klauen. *Hierher bis du also verschwunden,* ging es Mac Lane durch den Kopf. Wie auch immer sie es angestellt hatte, offenbar konnte die Kreatur ohne Zeitverlust direkt von Ort zu Ort gelangen. Mac Lanes Blick fiel auf etwas Blinkendes in der Hand der Toten. Ein Handy. Er hob es auf. Die junge Frau hatte eine Textnachricht verfasst, war aber nicht mehr dazu gekommen, sie abzuschicken.

„Schnapp dir das Ding und hau ab!", stand auf dem Display.

Mac Lane blätterte das Telefonbuch des Handys durch. Drei Nummern. „Misato", „Mom" und „Redaktion". Er sah sich um, dann ging er zur Pinnwand und wischte Blutspritzer von einigen Notizzetteln. Er grinste. „Flaubert!", rief er erfreut.

„Was?", fragte Flaubert und erschien in der Schlafzimmertür. Die linke Hand hatte inzwischen begonnen sich zu regenerieren. Sein Kopf schmerzte allerdings noch und so rieb er ihn beharrlich.

Mac Lane zog sein Handy aus der Manteltasche und machte einige Bilder von der Leiche und der Umgebung, dann wählte er eine Nummer. Blake musste informiert werden und er sollte die Reste der Kreatur abholen lassen, damit man sie untersuchen konnte. Mac Lane sah Flaubert an. „Mach dich fein, wir gehen aus!"

Kapitel 3

Finsternis

1

Der Krähenschwarm kreiste wie eine große, dunkle Regenwolke über dem alten, verlassenen Sägewerk. Dicht an dicht gedrängt bewegten sich die Vögel wie eine Einheit. In regelmäßigen Abständen stießen einige der Tiere aus dem Gewirr der Leiber heraus und steil zu Boden. Der große, blaue Müllcontainer hinter dem Sägewerk zog sie wie magisch an. Was auch immer die Krähen angelockt hatte, lag in diesem Container.

2

Um die junge Frau herum war alles dunkel. Ihren Mund hatte man mit einem breiten Streifen Klebeband verschlossen. Es dauerte einen Moment, bevor sie verstand, dass man ihr einen Sack über den Kopf gezogen hatte.

Todesangst stieg in ihr auf.

Sie war nackt. Hände und Füße hatte man mit Kabelbindern gefesselt. Sie versuchte sich aufzurichten, stürzte aber in ihrer Panik immer wieder um. Das Plastik der Kabelbinder schnitt bei jeder Bewegung in ihr Fleisch.

Hoffentlich würde man sie nicht vergewaltigen. Für sie ein besonders grauenvoller Gedanke - sie war noch Jungfrau.

Wo sie auch war und wer auch immer sie hier herge-
bracht hatte, sie wollte nur wieder hier weg. Lebendig.

Beharrlich versuchte sie aufzustehen. Vergebens. Jedes
Mal, wenn es so aussah, als ob sie es fast geschafft hatte,
scheiterte sie an den Fesseln oder rutschte auf dem nassen
Boden aus.

Sie hatte den seltsamen Geruch der in der Luft lag zuerst gar nicht wahrgenommen. Doch jetzt, nach ihren zahlreichen Stürzen, wurde es ihr schlagartig klar: Blut. Der
Boden musste nass von Blut sein. Dieser Gestank. Es war
Blut, kein Zweifel.

Zitternd versuchte sie sich an den Wänden entlangzutas-
ten. Sie waren kalt und glatt, wahrscheinlich aus Beton. Die
Tür vermutlich aus Stahl. Auch sie war kalt und glatt. Egal
wie fest oder oft, sie sich in ihrer Verzweiflung dagegen
warf – die Tür gab keinen Millimeter nach. Erschöpft und
völlig am Ende ihrer Kräfte, brach sie schließlich einfach
weinend zusammen. Nach einer Weile schlief sie ein.

3

Sie konnte nicht sagen, wie lange sie schon hier drin gewesen war, als ein quietschendes, metallisches Geräusch sie
weckte. Man hatte die Tür geöffnet. Verstört rutschte sie
auf dem Boden hin und her und versuchte sich in eine
Ecke des Raumes zu flüchten.

Sie konnte Schritte hören. Drei, vielleicht vier Personen
hatten den Raum betreten. Sie konnte nicht das Geringste
sehen und doch schüttelte sie den Kopf. Sie *wusste,* dass es
nichts nützte, und doch versuchte sie noch immer verzweifelt, sich in Sicherheit zu bringen. Sie musste wenigstens
das *Gefühl* haben, alles versucht zu haben.

Eine kräftige Hand packte ihre gefesselten Beine.

Adrenalin schoss durch ihren Körper. Ihre Muskeln

spannten sich und sie bockte wie ein wildes Pferd. Vergeblich.

Sie wurde über den Boden geschleift. Es schmerzte, als man sie brutal über die stählerne Türschwelle zerrte, wie ein Stück Frachtgut. Sie hatte lange, blutende Striemen davongetragen, doch das kümmerte ihre Peiniger nicht.

Sie krümmte sich. Wimmerte. Weinte.

Es ging steil nach oben. Man zerrte sie eine Treppe hinauf und sie musste den Kopf auf die Brust pressen, damit er nicht bei jeder Stufe hart aufschlug. Eine Tür knarrte und verriet ihr, dass sie das Ende der Treppe erreicht hatten.

Sie wehrte sich heftig. Versuchte zu treten, wand sich hin und her. Ohne Erfolg. Die Kabelbinder hielten, doch zumindest hatte sie es mit ihrem Zappeln geschafft, den Sack abzuwerfen.

Schummeriges, flackerndes Licht. Es tat ihr in den Augen weh und sie kniff sie zu engen Schlitzen zusammen. Man hatte sie zu lange in völliger Dunkelheit gelassen.

Eine Person in einer langen, dunklen Kutte zog sie über den Fußboden des alten Sägewerkes. Links und rechts der Gestalt liefen zwei weitere.

Sie wand sich hin und her, wie ein Wurm am Haken einer Angel. Schluchzend versuchte sie irgendwo am Boden Halt zu finden, doch die alten Holzdielen waren vom jahrelangen Betrieb längst völlig glatt und abgelaufen.

Ein mysteriöses Summen lag in der Luft. Es war erst kaum wahrnehmbar gewesen, doch nun wurde es immer deutlicher. Gesang. Ein Singsang der klang, als rezitierte jemand - wie in Trance - Psalmen. Sie konnte kein Wort verstehen. Es war eine Sprache, die sie nicht kannte und die ihr seltsamer und fremdartiger vorkam, als alles, was sie bisher gehört hatte.

Es waren viele. Unzählige, eine ganze Schar, der in Kutten gekleideten Gestalten. Sie drängten sich in einem großen Kreis um eine tiefe Grube im Boden, deren Ausmaße gigantisch waren. Sie nahm zumindest an, dass es eine Grube war, denn sie konnte erkennen, dass der hölzerne Boden dort eingebrochen sein musste.

Überall standen dicke, schwarze Kerzen. Zwischen den Gestalten, an den Wänden, auf Tischen und Stühlen. Sie waren die Quelle des spärlichen Lichts.

Andere Geräusche mischten sich unter den Singsang. Grässliche, verstörende Geräusche. Erst nur ein Plätschern. Dann Laute wie von fressenden Tieren.

Beim Näherkommen stellte sie fest, dass der Boden um die Grube herum schimmerte. Er war nass. Von Blut.

Ein süßlicher Verwesungsgestank zog auf. Erst war er nur schwach wahrnehmbar gewesen, doch langsam wurde er stärker. Mit jedem Zentimeter, den sie sich der Grube näherten, wurde es unerträglicher.

Ihr Blick stieß auf einen großen, hölzernen Tisch. Er war direkt am Rand der Grube aufgestellt worden. Seine Oberfläche schimmerte.

Nass.

Rot.

Eiserne Hand- und Fußfesseln und ein Eisenreif zum Fixieren des Kopfes waren auf der Tischplatte montiert. Ein Scharnier am unteren Ende erlaubte es die Platte senkrecht aufzustellen.

Menschenopfer. Das haben sie mit mir vor.

Sie trat zu. In ihrer blinden Verzweiflung trat sie mit ihren gefesselten Füßen immer wieder zu. Mit jedem Tritt grub sich der Kabelbinder tiefer in ihr Fleisch. Blut ran ihre Schenkel hinab. Sie wollte nur hier heraus. Alles andere war egal.

Ein Knall. Der Kabelbinder war gerissen. Sie hatte es geschafft. Tiefe, blutende Wunden zierten ihre Knöchel. Doch von Schmerz noch immer keine Spur. Alles was zählte war, dass sie es geschafft hatte.

Sie zögerte nicht lange. Als die Gestalt die sie gezogen hatte sich umdrehte, um zu sehen, was den Knall verursacht hatte, versetzte sie ihr einen heftigen Tritt in den Unterleib.

Die Gestalt ging stöhnend in die Knie. Die Kapuze rutschte ein Stück zurück und offenbarte ein bärtiges Kinn. Die Haut war stellenweise gerötet, warum wusste sie nicht. Sie musste es auch nicht wissen.

Sie rollte sich auf den Bauch und stand schwungvoll auf. Sie lief los. So schnell sie konnte.

Währenddessen versuchten die beiden anderen dem Bärtigen wieder aufzuhelfen. Der Bärtige stieß seine Kollegen von sich weg, dann deutete er auf die junge Frau. Er brüllte etwas, dass sie nicht verstand.

Sie rannte schneller.

Sie zog sich den Klebestreifen vom Mund und holte tief Luft.

Die zwei Gestalten folgten ihr.

Sie konnte ihre schweren Schuhe deutlich hören. Jeder Schritt auf den alten Holzdielen war extrem laut. Sie hatte einen kleinen Vorsprung, dass wusste sie. Eine reelle Chance zu entkommen hatte sie aber nur, wenn sie es nach draußen schaffte. Zielsicher hielt sie auf die alte, hölzerne Eingangstür zu.

Die alte Tür war mit schweren Eisenketten gesichert.

Sie sah die Ketten und weinte. Hier gab es kein Entkommen. Ein anderer Weg musste her. Ein Fenster. Das alte Fenster mit der gesprungenen Scheibe direkt neben der Tür. Es würde es auch tun. Es *musste* es auch tun. Mit dem Mut der Verzweiflung sprang sie in vollem Lauf durch die Scheibe.

Sie schlug hart auf der überdachten, hölzernen Veranda vor dem Gebäude auf.

Die Sonne stand hoch am Himmel. Es musste gegen Mittag sein und es regnete in Strömen.

Sie raffte sich auf und rannte. Sie war auf einer Lichtung mitten im Wald. Das alte Sägewerk weit außerhalb Tokyos. Mit Hilfe war hier nicht zu rechnen. Sie musste versuchen in den Wald zu gelangen.

Ein Schwarm Krähen erhob sich kreischend in die Luft. Sie war in ihrer Eile blindlings in die am Boden herumlungernden Tiere hinein gestolpert. Sie riss die Arme vor das Gesicht um sich zu schützen.

Der lehmige Boden war nass. Sie verlor den Halt und fiel hin. Etwas benommen drückte sie sich vom Boden hoch, um aufzustehen. Sie schrie vor Entsetzen auf.

Blut.

Blut vermischt mit Regen hatte sich seinen Weg über den Lehmboden gebahnt. Ein roter Fluss des Todes, der sich am Ende zu einem Delta teilte. Die zahllosen kleinen Ströme des roten Deltas ergossen sich über den Vorhof und verschwanden erst an der Baumgrenze im Wald.

Die verstümmelten Leichen von einigen jungen Männern und Frauen lagen mitten auf dem Hof. Schleifspuren führten zu einem großen, blauen Container, auf dessen Rand Krähen saßen. Auch die Schleifspuren füllten sich allmählich mit der roten Flut.

Die hungrigen Tiere hatten sich auf die Leichen gestürzt wie auf ein All-you-can-eat-Buffet. Augen, Lippen, Ohren und Nasen hatten die Krähen zuerst gefressen. Die Hackspuren ihrer Schnäbel waren deutlich im Fleisch der Leichen zu erkennen. Hier und dort fehlten bereits Stücke von Fleisch. Manchmal so viel, dass die bleichen, vom Regen gespülten Knochen hervorlugten.

Das Schlimmste aber waren die Schädel. Aus leeren Augenhöhlen sickerte ein dünnes Rinnsal aus Blut und Schleim. Sie starrten die junge Frau an. Hilfesuchend. Vorwurfsvoll. Anklagend.

Und ihre geöffneten Münder schrien.

Sie schrien in der Sprache der Toten. Sie schrien und

die Stille ihrer Schreie dröhnte in den Seelen der Betrachter.

Die junge Frau taumelte. Auch sie schrie. Laut und mit der kraftvollen Stimme der Lebenden. Etwas packte ihren Arm. Sie fuhr herum.

Ihre Verfolger hatten sie eingeholt und sie waren nicht zimperlich. Ein gezielter, harter Schlag mitten ins Gesicht. Ihre Lippe platzte auf. Ein herausgeschlagener Zahn flog durch die Luft und landete zwischen einigen Krähen, die sich sofort um ihn balgten.

Die Jungfrau ging benommen zu Boden.

4

Der schreckliche, atonale Singsang war das Erste, was den Schleier ihrer Benommenheit durchdrang. Die junge Frau blinzelte. So schnell wie die Dunkelheit ihren Geist umfangen hatte, war sie wieder verschwunden. Die Erinnerung daran wo sie war und an dass, was man vorhatte ihr anzutun, rissen sie in die Realität zurück.

Sie lag flach auf dem Rücken und starrte die Decke an. Spinnennetze hingen zwischen den Dachbalken - ein Fetzen von Normalität an diesem unwirklichen Ort. Es war das zweite Mal, dass sie an diesem Ort erwachte – und auch das letzte.

Sie versuchte sich zu bewegen, doch Arme, Beine und Kopf waren mit eisernen Fesseln fixiert. Sie musste sich nicht umsehen, um zu wissen, wo sie war. Der Opfertisch.

Sie schrie und zappelte und riss mit aller Kraft an ihren Fesseln. Sie versuchte alles, um ihrem Schicksal zu entgehen.

Keine Chance.

Ein Ruck ging durch den Tisch, als seine Platte in die Vertikale gekippt wurde. Die Platte neigte sich weiter nach vorne, bis sie in einem 45-Grad-Winkel fixiert wurde.

Todesangst und das Gefühl zu fallen trieben ihr den Herzschlag in den Hals.

Sie pinkelte.

Sie schnappte nach Luft.

Ein kleines Schienensystem verlief vom Sockel des Tisches zum Rand der Grube. Ein Ruck ging durch die Konstruktion.

Der Tisch fuhr näher an die Grube heran.

Sie schrie und bettelte um ihr Leben.

Der Tisch bewegte sich weiter direkt auf das riesige Loch im Boden zu. Und dann war er nahe genug - nahe genug, dass sie es sah.

Ihre Augen weiteten sich. Blankes Entsetzt verzerrte ihr Gesicht zu einer Grimasse der Furcht. Sie hyperventilierte. Denn sie starrte in den Schlund der Hölle hinab. Nichts anderes konnte es sein.

5

Blut. Es stand zentimeterhoch in der Grube. Und es war nicht einmal das Schlimmste.

Der gesamte Boden war übersät mit Leichen und Körperteilen. Ganze Köpfe oder nur noch bloße Schädel lagen herum oder hingen an den Resten skelettierter Wirbelsäulen aus verwesenden Torsos. Ihre Gesichter waren längst erstarrt und ihre Augen vor Schreck oder Schmerz weit nach oben verdreht. Manchmal hing noch ein Auge aus einem Schädel und baumelte am Sehnerv herab wie ein Fischköder; einen Fisch, der einen solchen Köder bevorzugte, wollte man sich nicht vorstellen.

Zerfetzte Brustkörbe. Herausgerissenes Gedärm. Eine unüberschaubare Anzahl abgetrennter Gliedmaßen. Es sah so aus, als wäre alles einfach aus den Körpern herausgerissen worden.

Unter all den Leichenteilen schimmerte etwas. Ein mattblaues Leuchten drang von unten durch das Blut. Es waren Linien die einen siebenstrahligen Stern bildeten. Ein Heptagramm.

Aber selbst zwischen all den Leichen, den Körperteilen und dem Tod, gab es auch Leben im Schlund der Hölle; abstoßendes, grauenvolles Leben. Eine Hand voll abartiger, orangeroter Kreaturen stapfte durch die Grube. Ein widerliches, saugendes Schmatzen ertönte bei jedem Schritt, den sie in dem roten Meer des Todes taten. Ihre Klauen rissen Fleisch von Knochen und Fetzen aus Gedärm, um es sich in ihre gierigen, langen Schnauzen zu stopfen. Sie schmatzten. Ein zufriedenes, genüssliches Schmatzen.

In dem Moment aber, da der Opfertisch am Rand der Grube erschien, hatte ihr Gelage ein abruptes Ende. Ihre Klauen rissen nicht mehr. Ihre Schlünder schlangen nicht mehr. Ihre ganze Aufmerksamkeit galt nur noch der Frau auf dem Tisch.

Ihre langen, fleischigen Schwänze peitschten aufgeregt und voller Vorfreude durch das kniehohe Blut. Die dämonischen Schlünder an den Enden ihrer langen Schwänze klapperten und schnappten verzückt auf und zu. Und sie kamen. Sie kamen alle - zu ihr.

6

Die Frau schrie aus vollem Hals. Sie schrie und weinte, flehte und bettelte um Gnade.

Der monotone Singsang der finsteren Gestalten um sie herum wurde lauter.

Die Kreaturen kamen näher. Sie versammelten sich am Rand der Grube, direkt unter dem Opfertisch. Sie starrten die Frau aus ihren leuchtend gelben Augen gierig an.

In der Grube gab es zwar Fleisch im Überfluss, doch die Frau war interessanter. Die Frau bewegte sich. Die Frau war *lebendig*.

Kein verrottendes Fleisch.

Kein kaltes Blut.

Eine lebendige, zuckende, warme Mahlzeit.

Die versammelten Kreaturen marschierten unruhig am Rand der Grube umher, ihre Köpfe in den Nacken gelegt hielten sie die Frau im Blick und schnüffelten. Ihre fleischigen Zungen leckten sich hungrig die Lefzen.

Eine der Kreaturen war ein Stück empor gesprungen. Ihre Kiefer schnappten klackend zu, wie die Eisen einer alten Bärenfalle. Ein Scheinangriff, von Vorfreude geleitet.

Der Atem der Frau stockte. Sie musste husten, verschluckte sich dabei und übergab sich.

Die Kreaturen am Boden wandten sich von ihr ab.

Sie musste lachen. Sie wusste nicht warum, aber diese Dinger schienen sie nicht zu wollen - nicht mehr.

Der Singsang verstummte abrupt.

Wie eine Einheit agierend, verlagerten die Kreaturen ihr Gewicht plötzlich nach vorne. Ihre langen, agilen Schwänze zuckten, zischten und wanden sich empor wie Schlangen.

Sie wollen mich doch!

Was diese Dinger auch vorhatten, es schien ihnen nicht zu gelingen. Selbst ihre Schwänze waren nicht lang genug um die Frau zu erreichen.

Für die Frau war es kein großer Trost. Sie hatte Zeit gewonnen. Zeit, in der sie nichts weiter tun konnte, als in den brodelnden, giftigen Schlund der Hölle zu starren. Auch wenn die Kreaturen sie nicht aus eigener Kraft erreichen konnten, würden die vermummten Gestalten bestimmt einen anderen Weg finden. Wahrscheinlich würde man sie einfach in die Grube stoßen, davon war sie überzeugt. Doch nichts geschah.

Die Gestalten standen einfach stumm um die Grube herum und beobachteten das Geschehen. Plötzlich setzte der Gesang wieder ein, lauter als bisher.

Dann ging alles sehr schnell.

Blut strömte aus der großen Wunde. Ihr Herz raste. Der Atem stockte wieder. Es brauchte einen Moment, ehe sie verstanden hatte, was geschehen war.

Die Schwänze dieser Kreaturen sahen nicht nur aus wie Schlangen, sie konnten auch ebenso schnell zustoßen. Einer der extrem dehnbaren Schwänze war nach oben geschnellt und hatte ein großes Stück Fleisch und Knochen aus ihrem Oberschenkel herausgebissen. Das Stück war so gewaltig gewesen, dass ihr linkes Bein kaum noch mit dem Rumpf verbunden war.

Der plötzlich einsetzende Schmerz war überwältigend. Sie wollte schreien, aber sie brachte keinen Ton heraus.

Die nächsten zwei Schwänze schossen empor. Das linke Bein und ein Stück aus ihrer Magengegend verschwanden in den schmatzenden Schlünden.

Sie spuckte Blut.

Ein dritter, vierter und fünfter Schwanz rasten auf sie zu, doch sie spürte die Bisse nicht mehr. Der gnädige, dritte Biss hatte ihren Kopf sauber vom Rumpf getrennt.

Die Gestalten in den Kutten beobachteten das Spektakel in ihren Singsang vertieft.

Mit jedem Bissen den die Kreaturen taten, wurde das blaue Leuchten in der Grube stärker. In der Mitte des Heptagramms schob sich ein pulsierender, lederiger, grüner Hügel aus den roten Fluten. Ein tief gelbes Auge, groß wie ein Gullydeckel, öffnete sich mitten auf dem Hügel - ein monströses Auge. Es blinzelte kurz, dann schloss es sich wieder und sein Wachstum kam zum Erliegen.

„Ich fürchte, wir brauchen noch mehr", seufzte eine der Gestalten knapp.

Kapitel 4

Alte Freunde

1

„Er ist einer von denen", knurrte Moto unverhohlen angewidert. Der junge Werwolf ließ den schwarz gekleideten Mann, der in aller Seelenruhe in einiger Entfernung über die mondbeschienene Lichtung flanierte, nicht aus den Augen. „Was hat der hier verloren?", fragte er missmutig.

„Immer mit der Ruhe, Junge", sagte der großgewachsene Mann, der hinter ihm in den Schatten stand. Er hatte eine Hand aus der Tasche seines langen, braunen Mantels gezogen und sie dem Jungen beschwichtigend auf die Schulter gelegt.

„Warum schnappen wir ihn uns nicht einfach, Silvermane? Dieser Abschaum hat hier nichts zu suchen!", knurrte Moto wütend. Seine Augen verrieten, dass er Mühe hatte, das Tier in sich im Zaum zu halten. „Der Wald ist unser Gebiet!"

„Beherrsch' dich!", raunte Silvermane im Befehlston. „Er weiß längst, dass wir hier sind und ihn beobachten."

„Dann ist er ein Narr!", stellte Moto entschlossen fest. Seine Augen funkelten; ein animalisch gelblicher Schimmer huschte über ihr menschliches Braun.

„Du hast keine Ahnung, Junge", sagte Silvermane ernst. Er zog seine Hand von Motos Schulter und verschränkte die Arme vor der Brust.

„Wir sollten ihn uns schnappen", sagte Moto und

dunkler Flaum begann auf seinem Gesicht zu sprießen.

„Nein", sagte Silvermane entschieden.

„Hast du etwa Angst?", fragte Moto provokant.

„Nein", sagte Silvermane wieder. Er hob die linke Hand an sein Gesicht. Seine Finger glitten sacht über die breite Narbe, die sich von seiner Stirn, über das linke Auge, bis tief hinab zum Kinn zog. Diese Wunde hatte ihn vor langer Zeit sein linkes Auge gekostet. „Nein, Junge."

Motos Augen klebten noch immer an dem schwarz gekleideten Mann. *Wie selbstgefällig der Kerl durch unser Revier streunt*, dachte Moto und verzog das Gesicht. *Blutsauger - widerlicher Abschaum der schlimmsten Sorte.* Silvermane hatte also keine Angst. Gut. Wenn er keine Angst hatte, machte es auch nichts, wenn Moto die Sache selbst in die Hand nahm. Ein animalisches Brüllen und er stürmte im silbernen Mondlicht über die Wiese, auf den Fremden zu.

„Moto! Nicht!" Silvermane hatte versucht ihn zu packen zu bekommen, um den Jungen zurückzuhalten. Aber es war zu spät. Einen Augenblick lang hatte er es seinen Erinnerungen gestattet, ihn hinfort zu tragen. Diesen einen Moment lang war er unaufmerksam gewesen. Einen Augenblick zu lang. Unverzeihlich. Besonders für einen Krieger. Silvermane hastete ihm nach. *Dummer, alter Mann. Närrischer Junge*, ging es ihm durch den Kopf.

Moto kümmerten Silvermanes Rufe nicht. Er stürmte einfach weiter auf den Fremden zu.

Der Vampir hatte den jungen Werwolf längst heranpreschen sehen. Er war stehengeblieben, hatte die Hände in den Hosentaschen vergraben und grinste.

Für wen hält sich der Kerl?, dachte Moto. *Diese Arroganz!* Er kochte vor Wut.

Die Kleidung hatte begonnen enger zu werden und sich über Motos Muskeln zu spannen. Hektisch streifte er Jacke und Hemd ab. Dichte braune Haare hatten begonnen auf seinem ganzen Oberkörper zu sprießen. Die Nähte an Motos Hose rissen auf und sie fiel von ihm ab, wie die zu eng gewordene Haut einer Schlange. Lange Klauen wuchsen aus seinen Fingern. Seine Schuhe platzten und auch seine Füße bildeten lange Klauen aus. Motos Gesicht zog sich in die Länge. Scharfe, glänzende Reißzähne säumten seine Schnauze. Die Ohren stellten sich zu Spitzen auf und seine Pupillen wurden größer und leuchtend gelb. Der gesamte Körper wurde zusehends muskulöser. Die Beine bekamen Sprunggelenke, wie Katzen oder Hunde sie besaßen und die Haare wuchsen zu dichtem Fell zusammen.

Zornig und siegessicher hastete der junge Werwolf auf seine Beute zu. Nur wenige Meter trennten den Jungen noch von seinem Ziel. Moto setzte zum Sprung an.

Der Vampir grinste breiter. Seine eisigen, blauen Augen leuchteten. *Sieh an, sieh an, was wir da haben. Ich bin nicht die leichte Beute für die du mich hältst, Welpe!*, die Stimme des Vampirs dröhnte in Motos Gedanken.

Im ersten Moment war Moto verwirrt. Kaum zwei Meter hatten ihn noch von seinem Ziel getrennt, da wurde er unerwartet von irgendetwas am Kinn getroffen. Sein Kiefer ließ ein unangenehmes Knirschen hören. Moto schoss durch die Wucht des Treffers, halb besinnungslos, rückwärts durch die Luft. Er verstand nicht, was geschehen war. *Er hat sich doch nicht bewegt ...*, rekapitulierte Moto das Geschehene.

Der Vampir aber war verschwunden, kaum dass er Moto getroffen hatte.

Silvermane hastete auf Moto zu. Auch seine Gestalt hatte sich inzwischen verändert. Im Gegensatz zu Moto wirkte Silvermane, der seinen Namen der silberweißen Farbe seines Fells verdankte, körperlich kaum verändert. Er sah viel mehr wie eine kompaktere, flinkere Version von Moto aus. Weniger muskulös, dafür schnell.

Und noch etwas unterschied die beiden Werwölfe von einander: Silvermane wusste genau, was geschehen war.

Sein Blick haftete an einem kleinen, dunklen Punkt, oben am Nachthimmel. Der Fremde. Er schoss rasend schnell direkt auf Moto zu, noch während der hilflos durch die Luft glitt.

„Nein, nicht! Tu' ihm nichts, Blake!", rief Silvermane flehend, aber bestimmt. Er hatte große Mühe nicht allzu wütend zu klingen. Im Ernstfall, das war ihm klar, konnte er Moto bestenfalls Zeit verschaffen, um zu fliehen. Blake schlagen konnte er nicht. Sie beide zusammen konnten es nicht.

Es ist lange her, alter Mann. Silvermane konnte Blakes höhnische Stimme in seinem Kopf hören. Mit einem Satz stürzte er sich auf Moto und riss ihn aus der Luft. Die beiden überschlugen sich und landeten im Gras.

Blake hatte ohne größeren Aufwand knapp über der Grasnabe gestoppt. Er schwebte die letzten Zentimeter zum Boden hinab - und er grinste überheblich. „Ich hätte dem Welpen schon nichts getan, Augustus", sagte er kopfschüttelnd.

„Natürlich nicht", bestätigte Silvermane ehrlich überzeugt. „Nicht solange ich in der Nähe bin!"

„Nein", Blake lachte. „Nicht nur deshalb". Er fixierte die beiden mit seinen kalten blauen Augen. Es gefiel ihm, wie sie vor ihm am Boden im Dreck lagen. „Ich wollte ihm nur etwas Benehmen beibringen. Etwas Respekt. Nenn' es einfach eine erzieherische Maßnahme". Blake war in die Hocke gegangen. Seine Arme lagen lässig auf den Oberschenkeln. „Schließlich scheinst *du* ihm ja nichts Derartiges beigebracht zu haben."

„Du hast nichts in meinem Kopf verloren! Halt dich aus meinen Gedanken raus!" Silvermane stand auf und half Moto auf die Beine. Der schwankte etwas und hatte noch nicht ganz verstanden, was geschehen war. „Und der Junge geht dich auch nichts an!"

Blake lachte laut auf.

„Was findest du so witzig?", fragte Silvermane verärgert.

„Es gibt nicht viele, die in diesem Ton mit mir reden", erklärte Blake und seine Augen funkelten bedrohlich.

„Und es überleben, meinst du", ergänzte Silvermane.

Blake lacht wieder. „In der Tat. Einer der Gründe dafür, dass ich dich damals nicht getötet habe. Ein Idealist, der lieber erhobenen Hauptes sterben würde, als sich oder seine Ideale, zu verraten. Bewundernswert. Nicht?"

„So? Und dir ist damals kein besserer Weg eingefallen, deinem Respekt und deiner Bewunderung für mich Ausdruck zu verleihen, als mir ein Auge zu nehmen?"

Moto hatte sich wieder einigermaßen gesammelt. Seine Augen suchten Silvermanes Blick und glitten dann entsetzt hinüber zu Blake. „Augustus?", fragte Moto heiser.

„Das ist lange her, Junge. Lange her", antwortete Silvermane und sein zorniger Blick durchbohrte Blake.

„Ich hätte dir viel mehr nehmen können", erwiderte Blake eiskalt. „Betrachte es also als Denkzettel. Nur weil ich dich respektiere - und sogar irgendwie leiden kann - heißt das noch lange nicht, dass ich dich nicht wie eine Fliege zerquetsche, wenn du mir in die Quere kommst." Das Grinsen war schlagartig aus Blakes Gesicht verschwunden und die Männer starrten einander mit eisernen Mienen an.

„Was willst du?", fragte Silvermane, obwohl er die Antwort längst kannte.

„Von dir gar nichts", sagte Blake knapp.

„Ich bringe dich zu ihr", sagte Silvermane. Wie erwartet wollte Blake ihre Rudelführerin sehen. Er stützte Moto und nickte in Richtung Waldrand. Fell und Klauen begannen zu verschwinden, Ohren und Schnauzen bildeten sich zurück und beide nahmen wieder ihre menschliche Gestalt an.

„Nach euch", sagte Blake, deutete eine Verbeugung an

und machte eine Geste in Richtung Waldrand.

2

„War das unbedingt nötig?", fragte die Frau zornig und legte sich eine Strähne ihres langen, schwarzen Haars hinter das Ohr zurück. Sie lag seitlich auf einem großen Felsen und stützte ihren Kopf mit der rechten Hand. Sie funkelte Blake aus ihren grünen Augen böse an und ihre Finger trommelten beständig auf dem Felsen herum.

Die anderen Werwesen, die sich rund um das Lagerfeuer auf der großen Lichtung versammelt hatten, beäugten den unwillkommenen Gast missmutig. Keiner von ihnen wollte diesen Blutsauger in ihrem Revier haben. Doch sie alle wollten hören, was er zu sagen hatte. Wollten hören, was sich ihre Anführerin und der Blutsauger zu erzählen hatten. Einige von ihnen verfolgten die Unterhaltung in ihrer menschlichen Gestalt, andere in Gestalt des Mischwesens aus Tier und Mensch. Wieder andere in ihrer rein tierischen Gestalt.

Unter den Gestaltwandlern dieses besonderen Rudels befanden sich nicht nur Werwölfe. Neben ihnen gab es hier auch ein gutes Dutzend Bastet - Werkatzen. Ganz ihrem Wesen entsprechend – neugierig - hatten sie alle Plätze in der ersten Reihe bezogen.

Während sich Moto kleinlaut unter die Zuschauer gedrängt hatte, stand Silvermane direkt vor dem Felsen. Er ließ Blake nicht aus den Augen.

Blake lächelte – ehrlich. „Mehr als nötig", erklärte Blake ruhig und nickte sanft.

„Du hast dich sehr verändert", sagte die Frau mit ehrlichem Bedauern und setzte sich aufrecht hin. Für einen Moment musste sie den Blick von Blake abwenden.

„Und du dich gar nicht", stellte Blake fest. „Du bist

noch der gleiche sture, unverbesserliche Freigeist, der du immer warst. Die stolze junge Frau mit dem eisernen Willen, den selbst Sklavenketten nicht haben brechen können."

Die Frau war aufgesprungen und in einem Satz von dem Felsen hinab. Sie huschte einige Schritte auf Blake zu. Eine Welle dunkler Haare hatte sich rasend schnell von ihrer Nase her über das gesamte Gesicht ausgebreitet. Die Gesichtszüge einer großen Raubkatze huschten über ihr Gesicht und verschwanden ebenso schnell wieder. In ihren großen, grünen Augen hatte für einen Augenblick das Tier aufgeblitzt und war wieder verschwunden.

Ein Raunen und Knurren ging durch die Ränge der Beobachter. Einige waren empört aufgestanden.

„Was fällt dir ein?", fauchte die Frau zornig.

„Mir fällt ein, wie ich damals deinen Arsch gerettet habe", sagte Blake in objektiver Gelassenheit.

„Erinnere mich nur nicht daran!", zischte sie um Fassung ringend. *Wer hat mich denn überhaupt erst in diesen Schlamassel gebracht?*, projizierte sie in Blakes Geist.

Schuldig, sandte er zurück.

„Gehen wir ein Stück", sagte Blake unbekümmert und wartete nicht ab, ob sie zustimmen würde. Er drehte sich um und ging in den Wald hinein.

„Ihr bleibt hier", befahl die Frau, mit vor Wut geballten Fäusten. „Silvermane, gib Acht, dass uns niemand folgt", sagte sie und ging Blake hinterher.

„Paladin. Das ist nicht recht", ermahnte Silvermane empört und wieder ging ein Raunen und Tuscheln durch die Reihen. „Mitglieder des Rudels haben keine Geheimnisse voreinander. Die anderen haben ein Recht zu erfahren, was los ist!" Silvermane starrte ihr hinterher. Enttäuschung stand ihm ins Gesicht geschrieben.

„Wartet hier auf mich. Es wird nicht lange dauern", sagte sie über die Schulter. Sie wollte sich nicht umdrehen.

Den vorwurfsvollen Ausdruck und die Enttäuschung in ihren Augen konnte sie nicht ertragen, besonders, weil sie wusste wie gerechtfertigt die Vorwürfe waren.

„Wie du meinst", erwiderte Silvermane tonlos und sah zu, wie beide im Dunkel des Waldes verschwanden. Getuschel setzte ein. Vorwurfsvolle Blicke trafen Silvermane, der gut verstand, was in seinen Artgenossen vorging.

3

„So nennen sie dich also", sagte Blake im Gehen. „Paladin - Bewahrer des Heiligen Lichts. Verteidiger der Schwachen." Blake lächelte.

„Weißt du, was du angerichtet hast?", fragte Paladin wütend, als sie ihn eingeholt hatte. „Was denkst du dir nur dabei?"

Blake schüttelte gleichgültig den Kopf. „Wir haben keine Zeit für lange Diskussionen und kindische Formalia. Was ich dir zu sagen habe, sollte dein Rudel lieber von dir erfahren, nicht von einem Blutsauger."

„Was geht nur in dir vor? Weißt du, wie ich vor meinem Rudel dastehe? Krieche zu Kreuz vor einem Blutsauger. Hast du eine Ahnung, was das angerichtet haben kann? Und meine Blutschuld musstest du natürlich auch erwähnen? Und was zum Teufel meinst du mit *wir*?", fragte Paladin schließlich neugierig und die Wut in ihr begann langsam abzuebben. „*Wir* haben keine Zeit?"

„Ich brauche deine Hilfe", antwortete Blake knapp, ohne sich die geringste Mühe zu geben höflich zu klingen.

„Dante Blake, du beschissenes Arschloch! Du hast eine verdammt seltsame Art andere um Hilfe zu bitten, weißt du das?", fragte Paladin vorwurfsvoll.

„Es ist ernst", beteuerte Blake. „Uns rennt die Zeit davon." Der Wald um sie herum war totenstill. Nur hier und da fiel ein Strahl silbrigen Mondlichts durch das üppige Blätterdach des Waldes.

„Was willst du von mir?", fragte Paladin und blieb stehen.

„Ich brauche einige deiner Leute." Auch Blake war stehengeblieben und hatte sich zu Paladin umgedreht.

„Du brauchst meine Leute?" Neugierde und Erstaunen rangen um ihre Stimme. Paladin sah Blake fragend an. „Wozu? Du hast genug eigene Leute. Warum brauchst du meine?"

„Werden einige von euren Leuten vermisst?", fragte Blake und machte einige Schritte auf Paladin zu, ohne auf ihre Frage einzugehen.

„Du hast meine Fragen noch nicht beantwortet", stellte Paladin energisch fest.

Blake schwieg. Paladin stellte in vielerlei Hinsicht eine gewaltige Ausnahme für ihn dar. Wo immer Gestaltwandler und Vampire aufeinandertrafen, gab es normalerweise blutige Auseinandersetzungen. Die naturverbundenen Tierwesen sahen in der bloßen Existenz der untoten Blutsauger eine ernste Bedrohung allen Lebens auf dem Planeten - und eines Tages vielleicht über ihn hinaus.

Dass es Blake trotz ihres speziellen Verhältnisses schwer fiel Paladin um einen Gefallen zu bitten, rang ihr ein sachtes Lächeln ab.

„Ich brauche deine Leute, weil die Zeit knapp wird", sagte Blake und zögerte. Was er zu sagen in Begriff war, traf seinen Stolz wie ein Holzpflock, der in sein Herz getrieben wurde. „Und, weil meine Leute der Sache noch nicht gewachsen sind. Die meisten haben noch nicht annähernd das Zeug dazu, einen Kampf dieser Größenordnung zu überleben, geschweige denn, ihn zu gewinnen."

„Nun rück' schon mit der Sprache raus!", forderte Paladin ungeduldig.

„Das Artefakt", erklärte er knapp und beließ es dabei.

„*Das* Artefakt?", fragte Paladin besorgt und ihre Augen weiteten sich. Wenn Blake von dem Gegenstand sprach, an den sie dachte, war ihr klar, warum er es eilig hatte.

„Ganz genau." Blake nickte. „Um ehrlich zu sein ist alles was wir im Moment haben ein Schlüssel und vage Hinweise."

„Das ist alles?" Paladin atmete erleichtert auf. „Ein Schlüssel? Der Aufstand wegen eines Schlüssels?" Sie lachte.

„Das ist nicht alles. Zwei meiner besten Leute sind beinahe vernichtet worden, weil sie einen Teil des Schlüssels beschaffen wollten. Und ... " Blake zögerte wieder, fügte dann aber hinzu: „Und ein alter Bekannter hat sich auch eingemischt."

„Welcher unserer alten Bekannten? Ein Guter?", fragte Paladin.

„*Wir* haben keine *guten* alten Bekannten".

„Nein", sagte sie energisch. „Nicht nach dem Mist, den du in Babel und Ugarit abgezogen hast!"

Blake zog ungerührt ein Foto aus der Tasche und hielt es ihr hin.

„Ich hasse diesen Faschisten", brummte Paladin, als sie das Bild betrachtete.

„Wenn er den Schädel in seinen Besitz bringen kann, ist keiner von uns mehr sicher", sagte Blake ernst. „Egal ob Untoter oder Gestaltwandler. Er wird keinen Unterschied machen. Und wenn diese anderen Dinger es in ihre dreckigen Klauen bekommen, sieht es für uns nicht besser aus."

„Was für Dinger?", fragte Paladin und hob ihren Blick von dem Foto.

„Ich weiß noch nicht, zu wem sie gehören. Mac Lane und Flaubert haben eines von ihnen mit Mühe getötet und eines verwundet." Blake seufzte unzufrieden. „Darum brauche ich deine Leute. Schon eure Jüngsten sind einem großen Teil meiner Leute an Kraft und Zähigkeit überlegen."

„Ich soll also deine Schlacht schlagen?", fragte Paladin missmutig.

„Nein", sagte Blake bestimmt und sah ihr tief in die Augen. „Du sollst mir helfen."

Paladin trat näher an Blake heran. Sie verschränkte die Arme vor der Brust und seufzte. „Der Schädel der Schlange ist ein Mythos", sagte sie schließlich ruhig in die Stille der Nacht. Ihr Blick verlor sich in den Weiten des Waldes. „Glaubst du, dass er wirklich existiert?"

„Du *weißt*, dass er existiert – so gut wie ich", sagte Blake. „Und du kennst unseren alten Freund. Wenn wir den Schädel nicht zuerst beschaffen", Blake sparte sich den Rest der Ausführungen.

„Und wenn du dich irrst?", fragte Paladin.

„Und wenn nicht? Wir haben *jetzt* die Chance den Schädel zu vernichten. Das Risiko ist zu groß!"

Paladin zögerte. Blake hatte recht, dass war ihr klar, aber was würden ihre Leute dazu sagen? Sie sah Blake nachdenklich an. „Was sollen wir tun?", erkundigte sie sich unverfänglich.

„Werden Leute von dir vermisst?", wiederholte Blake seine anfängliche Frage.

„Ja. Zwei. Zwei Welpen." Sie hatte Blake selten so besorgt gesehen. „Meinst du, ihr Verschwinden hat etwas mit dieser Sache zu tun?"

„Diese anderen Dinger müssen irgendwo hergekommen sein", erklärte Blake. „Wenn meine Vermutung stimmt, sind sie beschworen worden. Paktierer, Hexenmeister und Beschwörer bevorzugen abgelegene Orte. Ich nehme daher an, dass sie sich irgendwo in eurem Gebiet verstecken. Deine Leute sollen sie finden und ausschalten, darum bitte ich dich."

„Warum nicht wir?", fragte Paladin in überraschend

freundlichem Ton. „Warum gehen wir zwei nicht? Oder, warum nicht einer von uns? Es müsste ein Leichtes für dich oder mich sein, selbst allein."

„Darum geht es nicht", versicherte Blake bestimmt. „Ich kann mich nicht selbst darum kümmern. Sicher wäre es ein Leichtes für mich, sie allein zu erledigen", schmeichelte er sich selbst. „Aber leider hast du etwas vergessen." Blake sah sie ernst an. Ganz wohl war ihm bei der Sache nicht.

Seine Sorgen drehten sich nicht allein um den Erfolg oder Misserfolg der Gestaltwandler, sondern vor allem um Paladin. Es lag zwar lange zurück, aber beide verband noch immer etwas Besonderes.

„Ich verstehe", sagte Paladin und nickte. Um diese eine Sache konnte sich Blake nur allein kümmern. Sie selbst, oder Blake – darauf lief es hinaus. Ihr gemeinsamer, alter Bekannter war einige Nummern zu groß für alle anderen. Blake hingegen sollte es schaffe, vielleicht sogar ohne große Mühe. Ein Gedanke, der sie schaudern ließ. Eine Träne rann ihre Wange hinab.

Blake zog den schwarzen Lederhandschuh von seiner rechten Hand und wischte die Träne sanft von ihrer Wange.

Paladin nahm Blakes Hand und hielt sie fest. Sie hatte die Augen geschlossen. „Was ist nur mit dir passiert?", flüsterte sie ungewohnt zart.

Blake zuckte ertappt zusammen. Er schwieg eine Weile, dann sagte er, bemüht die Fassung zu wahren: „Bilde dir nur nicht ein, ich könnte schwach werden. Wir haben keine Zeit für diese alte Geschichte." Er zog seine Hand von ihrer Wange und ließ sie in den Handschuh zurückgleiten. *Wen versuchst du zu überzeugen? Sie? - Oder dich?,* dachte Blake und war sich selbst nicht sicher, ob zwischen ihnen wirklich nichts mehr war. Er räusperte sich, dann fügte er in kühler Tonart hinzu: „Diese Zeit ist lange her. Verdammt lange!" Blake hatte den letzten Teil nur gehaucht und sich dann umgedreht. „Geh! Schick deine Leute los. Ich kümmere mich um unseren Freund." Blake machte sich auf zu gehen, ohne ein letztes Mal zurückzuschauen.

„Sag mir noch", rief Paladin ihm nach und Blake verharrte. „Wie geht es Yumi?"

„Gut", sagte er knapp und verschwand ohne ein weiteres Wort im Dunkel des Waldes.

„Was ist nur mit dir passiert?", flüsterte Paladin ihm in die Dunkelheit hinterher und wischte sich eine letzte Träne von der Wange. „Was ist nur mit dir passiert?"

Kapitel 5

Fliegende Ratten

1

„Wie ich sie hasse, diese verdammten, fliegenden Ratten. Stolzieren herum, als ob ihnen die Welt gehören würde." Blake kauerte auf dem Sims des Kirchendachs. Er hatte seinen rechten Arm lässig auf die Schulter eines imposanten Gargoyles gestützt, der neben ihm stand. Einer von vielen, die das Dach der Kirche schmückten.

Blake nahm einen großen Bissen von dem strahlend roten Apfel in seiner Hand. *Mistviecher*, dachte er und schüttelte angeekelt den Kopf, während er den blonden Jungen im weißen Anzug in der Straße unter sich beobachtete.

Glücklicherweise gab es in ganz Tokyo nur zwei Kirchen. Dass es gerade ihm zu verdanken gewesen war, dass diese kleine Kirche einstmals nicht den Flammen zum Opfer gefallen war, ließ Blake immer wieder schmunzeln. Normalerweise wäre ihm eine brennende Kirche völlig recht gewesen, doch für einen guten, alten Freund bedeutete sie ein Zuhause.

Ein kurzes Lächeln huschte über seine Züge – zumindest einen *guten* alten Freund hatte er wohl doch.

Der weiße Anzug des blondgelockten Jungen leuchtete im direkten Licht des Vollmondes so hell, dass man glauben konnte, der Anzug selbst strahle das Licht aus. Selbstsicher schritt der Junge durch die dunkle Straße genau auf die Kirche zu. Gelegentlich warf er einen Blick über die

Schulter, um zu sehen, ob ihm jemand folgte. Besorgt schien er jedoch nicht zu sein - vielmehr neugierig. Er hatte seine Hände lässig in die Hosentaschen geschoben und sah so aus, als könne ihm nichts auf der Welt seine gute Laune verderben.

Warum pfeifst du nicht gleich noch ein Liedchen?, dachte Blake und sein Gesichtsausdruck wurde immer finsterer. Er nahm einen weiteren Bissen von seinem Apfel. „Oh, ich werde es genießen, dich zu zerreißen!"

„Du siehst nicht viel anders aus, wenn du durch die Straßen streifst", flüsterte der Gargoyle ruhig, aber bestimmt.

„Ich verbitte mir das!", fuhr Blake ihn ärgerlich an. „Pfff! Nicht viel anders", schnaubte Blake und schüttelte den Kopf. Er nahm einen letzten Bissen von seinem Apfel und hielt dem Gargoyle den Rest hin.

„Danke", sagte der und nahm den Apfel mit seiner dunkelgrauen Pranke entgegen. Mit einem Bissen war der Rest des Apfels in seinem Maul verschwunden.

„Also wirklich", zischte Blake sichtlich getroffen. „Vergleich mich nie wieder mit diesem minderwertigen Abschaum. Haben wir uns verstanden, Jeff?", fragte Blake, zog einen Zigarillo aus der Tasche seines Mantels und führte ihn zum Mund. Blake sog Luft durch den Zigarillo und die Spitze des Rauchwerks begann von selbst zu glühen. Ein schmales Rauchfädlein züngelte in den nächtlichen Himmel.

„Sicher." Jeff nickte. Der Blick des Gargoyles senkte sich missbilligend auf den Zigarillo in Blakes Mundwinkel.

„Was?", fragte Blake pikiert. „Angst vor Passivrauch?"

„Nein", sagte Jeff gelassen. „Aber die Asche beschmutzt mein schönes Dach."

Blake schnaubte amüsiert. „Wenn das deine einzige Sorge ist", sagte Blake. Er nahm den Zigarillo aus dem Mundwinkel und blies über das glimmende Ende. Die Glut erlosch augenblicklich und eine feine Schicht Reif zog sich über das Ende. „Und du solltest dir dringend einen neuen Namen aussuchen. Jeff … Wer heißt schon freiwillig „Jeff?" Landschaftsgärtner und Muttersöhnchen heißen Jeff – vielleicht irgendwelche Hamster quälenden Psychopathen -, aber keine zweieinhalb Meter großen, vier Zentner schweren Gargoyles."

„Mir gefällt „Jeff" ", sagte der Gargoyle ruhig. „Und Landschaftsgärtner ist ein schöner Beruf."

Blake schüttelte verständnislos den Kopf und seufzte tief. „Mit euch kann man sich einfach nicht normal unterhalten."

Jeff drehte gemütlich den Kopf herum und sah Blake stumm an. Eine Weile verharrte er in dieser Position, dann wandte er sich wieder dem blonden Jungen unten auf der Straße zu. „Das liegt in unserer Natur."

„Ich weiß", sagte Blake und nickte zustimmend.

„Hätte er uns nicht längst sehen müssen?", fragte Jeff in gewohnt teilnahmslosem Ton.

„Er kann nicht", sagte Blake und grinste. „Dafür habe ich gesorgt. Ich habe uns vor neugierigen Blicken verborgen."

„Verstehe", sagte Jeff, dem sein natürliches Äußeres, in der richtigen Umgebung, als Tarnung völlig ausreichte.

„Er kann uns auch nicht hören", ergänzte Blake selbstzufrieden.

„Verstehe", sagte Jeff.

„Verstehst du?", wiederholte Blake, um Jeff zu necken.

„Ich verstehe", sagte der Gargoyle ruhig.

Blake grinste. Er mochte Jeff. Die Wahrheit war, und Blake war sich sicher, dass Jeff das auch wusste, dass er sich mit niemandem besser unterhalten konnte.

Genau wie Blakes Augen hatten auch Jeffs bereits viel von der Welt gesehen und wie Blake war auch er bereits sehr alt. Jeff betrachtete die Dinge sehr objektiv, so wie es alle Gargoyles taten. So etwas wie Scham oder den menschlichen Trieb gefallen zu wollen, kannte seine Art nicht, weshalb man stets direkte, ehrliche Antworten bekam.

Der blonde Junge hatte in der Zwischenzeit die Kirche erreicht. Gelassen stieg er die massiven, steinernen Treppen zum Portal der Kirche empor. Als er sie zur Hälfte hinter sich gelassen hatte, begann er ein Liedchen zu pfeifen.

Blake bekam Gänsehaut. „Jetzt hat er' s geschafft", brummte er angewidert und schob sich vom Sims. Anstatt zu fallen, schwebte er in der Luft. „Sieh zu, dass du hier verschwindest. Es wird gleich ungemütlich."

„Verstehe", sagte Jeff und breitete gemächlich die kräftigen Schwingen auf seinem Rücken aus. Mit spielerischer Leichtigkeit erhob sich der massige Gargoyle in die Luft. „Mach sie nicht kaputt", sagte er und meinte damit die Kirche.

Blake grinste. „Ich tue, was ich kann!", sagte er und nickte Jeff zu, dann schwebte er langsam zu Boden. Blake setzte in dem Moment auf, als sich die schwere Kirchenpforte hinter dem blonden Jungen schloss. „Na dann, alter Freund", seufzte er und schritt in aller Ruhe die letzten Stufen zum Portal hinauf. „Heaven!", summte er. „I' m in heaven!" Er öffnete die große Tür und trat über die Schwelle.

2

Blake atmete tief ein. *Selbst die Luft hier drin hat diesen pseudoheiligen Flair*, dachte er und pustete sie schneller aus, als er sie eingeatmet hatte. Er schüttelte sich. „Baaah!"

Die Kirche war beinahe leer. Von Blake und dem blondgelockten Jungen abgesehen, gab es nur einen alten

Mann in zerlumpter Kleidung, der auf der Bank in der ersten Reihe schlief.

Der blonde Junge schritt langsam und andächtig den Mittelgang entlang. Als die Eingangstür hinter Blake wieder ins Schloss fiel, blieb er stehen. Der Junge drehte sich neugierig um und ließ den Blick durch den Raum streifen.

Nichts.

Es war niemanden zu sehen. Misstrauisch huschten seine Augen noch einige Male durch den Raum.

Nichts.

Die Fassade seines vorher so selbstsicheren Auftretens hatte Risse bekommen. Nervosität machte sich breit und es dauerte eine Weile, bis er sich wieder umdrehte, um seinen Weg fortzusetzen.

Er hatte sich gerade wieder umgedreht, da riss er die Augen vor Furcht weit auf und taumelte einige Schritte zurück. „D... D... Du?", stammelte er entsetzt und hatte Mühe nicht hinzufallen.

Mitten im Gang, zwischen dem Jungen und dem Altar, stand Blake. Er grinste hämisch.

„Ich ... Ich habe es nicht", stammelte der Junge, geriet ins Wanken und fiel hin. „Du kommst zu spät!"

Blake schüttelte grinsend den Kopf. „Wie erbärmlich. Erbärmlich und dumm. Wo ist er hin, dein Stolz?", fragte er den Jungen. „Jämmerlich. Kriechst auf dem Boden herum wie ein Wurm und winselst wie ein Hund." Wieder schüttelte Blake den Kopf und lachte. „Und dann warst du auch noch so dämlich, hier mit deinem echten Körper aufzutauchen."

Der Junge atmete schneller. Er schluckte schwer. Blake war bestens informiert.

„Glaubst du ernsthaft, irgendeine dieser „Kreaturen", denen du dienst, wäre so dumm hier in ihrem eigenen Körper aufzutauchen? Bringt man euch jungen Engeln denn gar nichts mehr bei?", lachte Blake und schritt langsam auf den Jungen zu.

Der junge Engel nahm allen Mut zusammen und raffte sich auf. Mit wackeligen Knien wagte er einen Schritt auf Blake zu. „Sprich nicht so von Gottes Dienern, Blutsauger!" Zorn ließ seine Augen glühen, doch seine Stimme zitterte.

„Ich habe doch nicht etwa einen Nerv getroffen?", fragte Blake, dem die Furcht des Jungen sichtlich Freude bereitete.

„Wie kannst du es wagen?", brüllte der Junge. Sein rechter Arm schoss ruckartig hoch. Die Finger wie einen Fächer gespreizt, richtete er sie auf Blake.

Eine Sichel gleißenden Lichts traf Blakes Gesicht. Stöhnend hielt er sich die Hände vor sein Gesicht und taumelte zurück.

Der Junge lachte. Neuer Mut keimte in ihm auf. „Das soll er also sein? Der große Dante Blake?", fragte der Engel und wagte sich näher an Blake heran. Seine Selbstsicherheit war zurück. „Bezwungen von einem Novizen?" Er lachte laut auf.

Blake wirbelte herum. Er war unverletzt und stand, sich mit gespreizten Armen verbeugend, lachend da. „Danke! Vielen Dank!", sagte er spöttisch und hielt den jungen Engel dabei mit durchdringendem Blick fixiert.

Der junge Engel war starr vor Angst. Sein neu gewonnener Mut war so schnell wieder verfolgen, wie er gekommen war. Mit zitternden Augen starrte er Blake an. Dann ein Aufschrei. Wut und Verzweiflung ließen ihn weiter kämpfen. Mit beiden Händen ließ er einen ganzen Regen der grellen Sicheln auf Blake nieder gehen. Links. Rechts. Links. Und wieder rechts.

Blake jedoch stand nur unbeeindruckt da. „Fertig?", fragte er gelassen und versenkte die Hände in den Hosentaschen. Die Attacken des Jungen hatten keine Wirkung gezeigt. Nicht im Geringsten. Schon die erste Attacke hatte

Blake nicht verwundet, er hatte sich lediglich einen Spaß mit dem jungen Engel erlaubt und so getan, als wäre er getroffen worden. „Das hat nicht mal gekitzelt", sagte er enttäuscht. „Gib dir doch mal Mühe!"

Der Junge stand einfach da und starrte Blake verblüfft an. Er schüttelte ungläubig den Kopf. So etwas gab es nicht, konnte es nicht geben – *durfte* es nicht geben. Das göttliche Licht zeigte keine Wirkung.

Man hatte ihnen zwar erzählt, dass einige ältere Vampire eine bisweilen erstaunliche Resistenz gegenüber Licht entwickelten, aber selbst sie vermochten nichts gegen das göttliche Licht auszurichten.

Na gut. Es ist alles, was mir noch bleibt, dachte der junge Engel und atmete tief durch. Er schloss seine Augen. Im nächsten Moment strömte strahlend helles Licht aus seinem Körper. Das Licht hüllte den jungen Engel vollkommen ein und verblasste dann langsam wieder. Als es gänzlich verschwunden war, war der junge Engel von einem feinen, goldenen Schimmer umgeben. Auf seinem Rücken prangten zwei prächtige, weiß gefiederte Schwingen.

Hass loderte im Blick des jungen Engels, als er Blake damit durchbohrte. Nur in ihrem wahren Körper konnten Engel ihre ganze Kraft freisetzen. Es konnte gelegentlich von Vorteil sein, Besitz von einem sterblichen Körper zu ergreifen, doch leider ließ sich mit diesen Hüllen nur ein Bruchteil der himmlischen Kraft nutzen.

„Ganz nett, Junge", spottete Blake. „Wird dir aber auch nichts nützen." Blake blieb unbeeindruckt und gähnte gelangweilt. „Hör mal, wird das hier noch lange dauern? Ich habe nämlich nachher noch einen Friseurtermin."

„Ich lasse nicht zu, dass du dies' geheiligte Haus des Herrn noch länger mit deiner Anwesenheit verpestest. Im Namen des einzig wahren Gottes, befehle ich dir ...", rief der Engel voller Überzeugung, ehe Blake ihn unterbrach.

„Du befiehlst mir? *Du*?", fragte Blake wütend. Das

Grinsen war schlagartig aus seinem Gesicht verschwunden. „Du wirst gar nichts tun, Junge - nur sterben. Du weißt doch, wenn man den wahren Körper eines Engels tötet, fährt seine Seele nicht wieder in den Himmel zurück. Er stirbt. Seine Essenz vergeht. Ein für alle Mal. Ende! Aus! Finito!"

„Belehre mich nicht, Kreatur! Ich befehle dir …", setzte der Engel wieder an, wurde aber erneut unterbrochen.

„Niemand befielt mir!", raunte Blake mit tiefer, ernster Stimme und seine Augen loderten vor Zorn. „Schon gar nicht eine von euch fliegenden Ratten!" Tiefschwarze Schatten huschten über Blakes Körper. Schatten, die aus den Untiefen seiner selbst hervorgekrochen kamen. „Genug", sagte er entschieden und zog die Hände aus den Taschen. „Ich habe keine Lust mehr auf dieses Spiel."

Auch der Engel hatte genug. Ein wilder Schrei hallte von den Wänden des Kirchenschiffs wider und ein Schwert erschien in der Hand des Engels. Die Klinge des Schwerts war reines, strahlendes Licht. Der Engel riss die Waffe in die Höhe und stürmte mit der Kraft der Hoffnung und des Glaubens auf Blake zu. Der Hieb hatte Blake mitten auf der Stirn erwischt. Hände, Augen und Lippen des Engels zitterten panisch.

Blake stand einfach da und grinste. Die Klinge hatte ihm nicht den kleinsten Kratzer beigebracht.

„Sieh mir in die Augen, Kleines!", sagte Blake und starrte dem Engel tief in die Augen. Blakes eisig blaue Augen, färbten sich blutrot. Das Grinsen auf Blakes Gesicht wurde immer breiter, bis seine langen Eckzähne hervortraten, wie geschliffene Elfenbeindolche.

Der junge Engel ließ seine Waffe fallen. Er wandte sich schreiend von Blake ab und hielt sich den schmerzenden Kopf. Der Schädel des Engels war kochend heiß und fühlte sich an, als würde er jeden Augenblick platzen. Dampf stieg von ihm auf und er ging schreiend zu Boden. Blut schoss aus den Augen. Sich vor Schmerzen windend, blieb er schließlich seitlich liegen.

„Jämmerlich", hauchte Blake und rollte den Engel mit seinem Fuß auf den Rücken. Blake stellte seinen Fuß auf den Brustkorb des Engels. „Armseliger Wurm. Du wolltest mich besiegen? *Mich?* Wo steckt dein Herr jetzt? Wo ist dein gnädiger Gott in dieser Stunde der Not?" Blakes Stimme dröhnte in den Ohren des Engels.

Die Schmerzen wurden immer schlimmer und bald unerträglich. Hitze, unglaubliche Hitze, breitete sich in ihm aus. Jede Zelle in seinem Leib schien von innen her zu brennen. *Das ist nicht möglich,* ging es dem Engel zwischen zwei Wellen des Schmerzes durch den Kopf. Niemand hatte ihn darauf vorbereitet, dass es Wesen gab, die über derartige Kräfte verfügten - außer Göttern. Jede Faser seines Körpers brannte. Blake brachte tatsächlich sein Blut zum Kochen.

„Lass uns sehen, wie lange du durchhalten kannst. Ich denke, wir behalten diese Temperatur eine Weile bei. Ich bin sicher, es wird etwas dauern, bis du stirbst." Blake ging neben dem zappelnden, vor Schmerz stöhnenden Engel in die Hocke und betrachtete ihn mit diabolischem Vergnügen. Ein roter Apfel erschien in Blakes Hand und er nahm einen großen Bissen. „Witzige Geschichte", begann Blake in heiterem Ton zu erzählen. „Früher mochte ich keine Äpfel, aber heute – man könnte schon fast von einer Sucht sprechen."

„Lass den Jungen in Ruhe!" Eine dröhnende, autoritäre Stimme hallte durch die Kirche und ließ die kunstvollen Buntglasscheiben vibrieren.

„Sieh an, sieh an, welch hoher Besuch!", spottete Blake mit sichtlicher Genugtuung. Er stand auf und drehte sich in aller Ruhe um.

3

Mitten im Gang, zwischen den vordersten Sitzreihen, stand der alte Mann. Ein beeindruckender, heller Schein umgab ihn und er kam langsam auf Blake zu.

Mit jedem Schritt veränderte sich sein Aussehen ein kleines Stück. Imposante, gleißend weiße Schwingen ragten, ausgebreitet, links und rechts hinter dem Mann hervor. Er wuchs ein gutes Stück und sein schütteres Haar wich kurzem, gepflegtem, blondem Haar, das schimmerte wie gesponnenes Gold. Seine Lumpen verwandelten sich schrittweise in feinen weißen Stoff, der sich zu einem prächtigen Anzug verdichtete. In seiner rechten Hand hielt er ein loderndes Flammenschwert, dessen Spitze er auf Blake gerichtet hatte.

„Was hat dich so lange aufgehalten, alter Freund?", fragte Blake gelassen.

„Lass den Jungen in Ruhe!", forderte der Mann erneut befehlsgewohnt.

„Komisch, dass man euch wirklich alles immer und immer wieder erklären muss. *Niemand* befiehlt mir! Auch du nicht, Michael!" Blake grinste hämisch.

Der junge Engel begann zu verstummen.

„Du sollst ihn in Ruhe lassen!", forderte Michael und schritt schneller auf Blake zu.

„Zwing mich!", reizte Blake sein Gegenüber.

„Was willst du hier?", fragte Michael verächtlich und blieb stehen. Sein Blick huschte an Blake vorbei und musterte den jungen Engel, der schwer atmend, aber reglos, am Boden lag.

„Ich denke das weißt du sehr genau", erklärte Blake grinsend mit einer Kälte in der Stimme, die einem Gänsehaut bereitete.

„Ich werde dir den Schlüssel nicht überlassen. Weder jetzt, noch sonst irgendwann." Der Erzengel sah Blake mit eiserner Miene an. Wenn seine blauen Augen einmal etwas gütiges gehabt hatten, war es jetzt verschwunden. „Ich bin ein Erzengel. Mit mir wirst du nicht so einfach fertig."

„Erzengel. Klingt sexy, was?!", höhnte Blake frostig. „Du hast ja keine Ahnung." Wieder schlugen lodernde Flammen aus Blakes Augen.

Der junge Engel schrie erneut auf. Flammen schossen ihm aus Augen, Mund, Nase und Ohren. Die Flammen bemächtigten sich rasend schnell seines gesamten Körpers.

Der junge Engel schrie vor unerträglicher Schmerzen wie ein gequältes Tier. Er versuchte sich herumzurollen, doch sein ganzer Körper wurde von Muskelkrämpfen geschüttelt, die so stark waren, dass man Knochen brechen hören konnte.

Er fing an zu husten. Dann übergab er sich. Schließlich spie er Blut.

Seine Haut hatte begonnen Blasen zu werfen und an etlichen Stellen aufzuplatzen. Blutiges, rotes Fleisch quoll aus den Wunden und knisterte und zischte im Feuer. Der junge Engel hatte schließlich aufgehört zu schreien, während sich sein Körper unter Krämpfen derart verbog und bebte, dass er kurz darauf explodierte.

„Nein!", schrie Michael, machte aber keine Anstalten mehr dem Jungen zu helfen – in Wahrheit war er ihm egal.

„Na da hast du dich ja geradezu vor Hilfe überschlagen", spottete Blake und verspeiste den Rest seines Apfels in zwei großen Bissen.

Michaels Augen funkelten und im nächsten Moment hatte er sich vom Boden abgestoßen. Mit einem kraftvollen Schwung seiner riesigen Flügel schoss er auf Blake zu. Er hatte sein Flammenschwert hoch über den Kopf erhoben und ließ die Klinge mit voller Wucht auf Blake hernieder fahren.

Blakes Arm schnellte empor. Er hatte Michaels Hieb mit bloßer Hand abgefangen. Seine Finger schlossen sich fest um die brennende Klinge des Schwertes und hielten sie fest. Blake lachte und schüttelte den Kopf. „Du hättest *deinen* Körper mitbringen sollen. So wird das nichts!"

Michael hielt den Griff seines Schwertes fest mit beiden Händen umschlossen und versuchte die Klinge mit aller Kraft nach unten zu drücken. Vergebens. Er starrte Blake wütend an.

Das kann doch nicht sein! Wie macht er das bloß?, fragte sich Michael. Seine Miene blieb eisern, doch seine Augen verrieten die Fassungslosigkeit des Erzengels. Ein Untoter hatte seine heilige Waffe mit bloßer Hand pariert, ohne den kleinsten Kratzer davonzutragen. „Wie machst du das? Was ist das wieder für ein Trick?"

„Tricks?", fragte Blake und lachte amüsiert. „Können, mein Freund - Können. Soll ich' s dir buchstabieren? Seit unserer letzten Begegnung hat sich einiges verändert. Dieses Mal, verlierst du." Blake ließ die Klinge des Schwertes los und Michael trat einen Schritt von ihm zurück.

„Du solltest brennen wie Zunder!"

„Oh? Ist das so?"

„Es spielt auch keine Rolle." Michael setzte ein überhebliches Lächeln auf. Allmählich kehrte seine Fassung zurück. „Ich werde schon dahinter kommen, wie du das anstellst."

„Ach?", lachte Blake und zog die Augenbrauen hoch. Er genoss es zu sehen, wie Michaels Griff um seine Waffe vor Wut fester wurde. Ein wütender Gegner war ein unachtsamer Gegner.

„Du kannst mich nicht besiegen. Niemand kann einen Erzengel besiegen. Niemand. Aber gib dich ruhig weiter der Illusion hin, du hättest die Chance den Kampf zu gewinnen."

„Pfff", prustete Blake. „Erzengel - dass ich nicht lache. Was glaubst du, wie viele Menschen deinen sogenannten Gott noch anbeten würden, wenn sie wüssten, wie er - wie *ihr alle -, wirklich aussieht?"* Blake machte eine kurze Pause und genoss es Michaels Wut wachsen zu sehen, dann ergänzte er: „Und was ihr alle *wirklich seid."*

Michaels Augen funkelten vor Zorn. Der Erzengel spreizte drohend seine Schwingen, hob seine Waffe und richtete sie auf Blake. „Wie kannst du es wagen mich in Frage zu stellen?"

„Versuchst du jetzt *mir* etwas vorzumachen, oder *dir?* In all den Jahrhunderten ist dir wohl der Heiligenschein zu eng geworden, was? Du glaubst wirklich, dass du einem Gott dienst? Dass alles, was du in seinem Namen tust, automatisch Recht ist?" Blake schnaubte verächtlich. „Ein tolles System, doch wirklich. Hat ja schon bei den Kreuzzügen funktioniert."

„Gottes Wille ist Gesetz. Mein Wille ist Gottes Wille. Gottes Gesetz gilt für alle, ob untot oder nicht. Und auch du wirst dich seinem Willen beugen!"

„Da wäre ich mir nicht so sicher", erklärte Blake. „Wir wissen beide, dass du längst allein die Fäden ziehst, lieber Onkel!"

Michaels Lippen bebten vor Zorn. Dieser Stachel saß tief in seinem Fleisch. „Nenn' mich nie wieder so!", fauchte er und seine Stimme überschlug sich fast vor Wut. Natürlich wussten alle hochrangigen Engel über diese Verwandtschaft – über die Verwandtschaft aller Engel und Vampire – Bescheid, doch niemand wagte es, diese Tatsache laut auszusprechen.

„Glaub mir, ich bin davon auch nicht begeistert", stellte Blake eindeutig klar. „Aber was will man machen? Mein Vater hätte sich sicher auch andere Geschwister gewünscht, als eine Bande arroganter Federviecher. Und genau aus diesem Grund hat er euch auch verlassen."

„Luzifer hat uns nicht verlassen, dass weißt du sehr wohl. Was er getan hat, war eine Schande." Michael sah Blake hasserfüllt an und schüttelte den Kopf. „Du und deine Geschwister", sagte er und verzog das Gesicht. „Abschaum!"

„Du und deine „Engel", ihr habt beinahe alle vernichtet", sagte Blake andächtig mit bedrohlich ruhiger Stimme. „Aus Angst davor, was aus ihnen hätte werden können. Ihr habt gesehen, welche Macht Luzifer erlangt hat, nachdem er sich von euch losgesagt hatte. Und ihr habt gesehen, dass er deinem „Gott" an Macht schon bald ebenbürtig sein würde. Also habt ihr sie alle getötet. Alle, bis auf eine Handvoll."

Das ewige Grinsen war längst von Blakes Gesicht verschwunden. Er sah Michael finster an, wie er mit seinem falschen Lächeln dastand, aber innerlich vor Wut brodelte. „Wie überaus praktisch, dass dein Gott gerade schläft. Genau so, wie die meisten anderen Großen Alten. So kannst du tun und lassen, was du willst, denn alles, was du in seinem Namen tust, ist automatisch Recht. Du würdest ihn nicht wecken, selbst wenn du es könntest. Deine Rolle als Diktator liegt dir viel zu sehr."

„Ich habe jetzt endgültig genug von dir", hauchte Michael rasend vor Wut über diese Unverschämtheit. Er bäumte sich auf und stieß einen überwältigenden Schrei aus, der eher zu einem grobschlächtigen Oger gepasst hätte, als zu einem Erzengel. Muskeln spannten sich unter dem feinen weißen Stoff des Anzugs. „Ich werde dich und deine Lügen ein für alle Mal zum Schweigen bringen!"

„Da bin ich aber gespannt, wie du das anstellen willst", flüsterte Blake und grinste bedrohlich mit gebleckten Eckzähnen.

„Ich schicke dich heute Nacht zur Hölle, verlass dich darauf", versprach der Erzengel mit fester Stimme.

„Schon wieder?" Blake lachte überspitzt. „Nur zu! Im Gegensatz zu den anderen armen Schweinen, die ihr in die Hölle verbannt und vergesst, weiß *ich* wie man wieder raus kommt."

Michael antwortete nicht. Sein Schwert lang gestreckt, die Spitze voran, stürmte er mit der Geschwindigkeit einer Gewehrkugel auf Blake los.

Blake rührte sich nicht.

Michael war sich sicher ihn überrascht zu haben. Er stieß mit ganzer Kraft zu. Die scharfe Klinge glitt durch Blakes schwarzen Ledermantel wie ein heißes Messer durch Butter. Dann stieß die Klinge auf Widerstand. Ein metallisches Klirren hallte durch den Raum. Michael hielt überrascht inne und starrte auf Blakes Brust.

Die Augen des Erzengels weiteten sich vor Überraschung. „Woher hast du dieses Schwert?", hauchte Michael durch vor Wut zusammengepresste Zähne. Er löste sich von Blake und tat einige Schritte rückwärts.

4

Blake grinste noch immer hämisch. „Es ist ganz nett, nicht wahr?"

„Wessen Waffe führst du da?", erkundigte sich Michael, obwohl er die Antwort bereits kannte. Er konnte die Kraft die von dem Schwert ausging deutlich spüren. „Ich kenne diese Waffe! Kann es tatsächlich sein? Das ist doch … nicht möglich …"

Blake zuckte mit den Schultern. „Du erkennst sie!? Weißt du, ich war mir ziemlich sicher, dass ihr ehemaliger Besitzer keine Verwendung mehr für sie haben würde", Blake hob das Schwert, ein prächtiges, fast zwei Meter langes Katana, empor und betrachtete es. Er drehte es sacht in seiner Hand hin und her.

Die elegante, schwarze Klinge glänzte. Hielt man sie im richtigen Winkel, so reflektierte das Licht in allen Regenbogenfarben. Ein feiner Schleier schwarzen Nebels umhüllte die Klinge. Der feine Schleier wirkte fast lebendig.

Seine feinen Ausläufer schlängelten sich durch die Luft wie tastende Finger, die nach etwas suchten, dass sie packen und mit sich reißen konnten in eine Welt, auf der anderen Seite. „Nachdem ich ihm die Seele aus dem Leib gerissen hatte."

„Wessen Seele wurde an diese Klinge geschmiedet?", fragte Michael fordernd.

„Nicht *eine* Seele, lieber Onkel." Blake kostete das Entsetzen in Michaels Gesicht in vollen Zügen aus.

„Was hast du getan?", schrie Michael entrüstet. „Weißt du, was das für das Gleichgewicht der Kräfte bedeutet? Du hast einen Erzengel getötet!"

„Erzähl *du* mir nichts vom Gleichgewicht der Kräfte!", schrie Blake. Zorn loderte in seinen Augen. Die unkontrolliert freigesetzte Energie seines Körpers, hatte den Boden unter Blake splittern lassen und den Teppich zerfetzt. Er richtete seine Waffe auf Michael. „Wage es nicht! Das Gleichgewicht ist der Grund, warum du dieses Artefakt niemals in deine Hände bekommen wirst, Michael. Nicht solange ich existiere. Du würdest den Schädel ohne zu zögern einsetzen, um uns alle zu vernichten. Also erzähl *du* mir nichts vom Gleichgewicht zwischen Ordnung und Chaos!"

„Eure Art verpestet diesen Planeten schon viel zu lange", brodelte es aus Michael heraus, als der Erzengel sein kaltes Wesen offenbarte. „Du hattest die Unverfrorenheit, einen von uns zu töten? Wie willst du das angestellt haben?"

„Ich habe Gabriel nicht getötet", sagte Blake wieder gefasst und schwieg dann einen Moment, ehe er ergänzte: „Er ist nicht tot - im herkömmlichen Sinne. Er ist - wenn man das so nennen möchte - derzeit mein Dauergast." Blake schnaubte verächtlich und wiegte leicht den Kopf hin und her. „Darüber hinaus ist an dieses Schwert nicht nur *eine* Seele gebunden." Blake sah Michael durchdringend an.

Michael hatte es begriffen. Was Blake ihm hatte sagen wollen war, dass es *mehrere* Seelen waren. „Wahnsinniger! Das ist nicht möglich", hauchte Michael schließlich, krampfhaft darum bemüht, seine Entrüstung nicht offen zu zeigen.

„Alles ist möglich, wenn man weiß wie."

„Dieses Wissen ist allein uns vorbehalten und Gabriel hätte es dir nie verraten!"

„Da hast du recht. Aber das war auch nicht nötig." Blake verzog einen Mundwinkel zu einem hämischen Grinsen. „Du erinnerst dich an den netten Erholungsurlaub, in den du mich vor knapp fünfhundert Jahren geschickt hast? Es ist erstaunlich, was man dort unten so alles lernen kann."

„Wer sollte dir dieses Wissen in der Hölle beigebracht haben? Es gibt niemanden dort, der dir beigebracht haben könnte …" Michael stockte, als ihm klar wurde, dass es doch *einen* gab.

„Ich sehe, du erinnerst dich an deinen Bruder. Mag sein, dass sein Körper schläft, nicht aber sein Geist. Es war keine große Sache mit ihm in Kontakt zu treten, besonders, da du so freundlich warst", Blake machte eine kurze Pause und schrie: „Mich direkt zu ihm in die verdammte Hölle zu werfen!"

„Erspar' mir dein Gejammer! Ich habe es für die Welt getan, du elender Wurm! Nur leider, hatte ich bis heute keine Ahnung, dass du es geschafft hast, von dort zu entkommen."

„Dabei bist du doch sonst so gut informiert."

„Es ist auch völlig egal", raunte Michael und spreizte seine leuchtenden Schwingen. „Dieses Mal, werde ich dich nicht verbannen – ich werde dich töten! Egal, wessen Waffe du da führst. Schlagen kannst du mich nicht!"

„Abwarten, lieber Onkel. Abwarten."

Kapitel 6

Hardrock Halleluja

1

Das Spiegelbild der roten Leuchtschrift des „Dead End", die über der Eingangstür der gleichnamigen Hardrock-Bar hing, verschwand, als Mac Lane achtlos in die kleine Pfütze trat. Ohne Notiz davon zu nehmen, gingen er und Flaubert weiter auf den Eingang der Bar zu.

Links und rechts der Tür standen große, muskulöse Türsteher. Ihre schwarzen Muscleshirts schienen enger an ihren Körpern zu sitzen, als ihre eigene Haut. Die Arme vor der Brust verschränkt standen sie reglos da wie Statuen.

Neben dem Eingang hatte sich eine kleine Schlange gebildet und die Leute warteten ungeduldig darauf, Einlass gewährt zu bekommen.

Mac Lane und Flaubert blieben vor den beiden Männern stehen. Man sah einander kurz an, nickte sich zu und Mac Lane und Flaubert traten ein. Ein empörtes Raunen ging durch die Schlange der Wartenden.

Die Bässe eines Heavy Metal Songs schlugen Mac Lane und Flaubert entgegen. Mit ihren langen, schwarzen und dunkelbraunen Mänteln passten Flaubert und Mac Lane perfekt zum Rest der Gäste. Biker, Rocker und Punks bildeten das gängige Bild.

Die Luft in der Bar war nebelig vom Qualm zahlreicher Zigaretten und Zigarren. Der Geruch von deftigem Essen und Bier mischte sich mit dem Qualm und bildete den typischen Geruchsvorhang, den man von eine Bar dieser Art erwartete; Flaubert und Mac Lane waren wiedereinmal froh darüber nicht mehr atmen müssen.

Zwischen einigen kleinen, runden Tischen zu ihrer Linken und der äußerst langen Theke mit ihren zahlreichen Barhockern auf der Rechten, standen die Leute dicht an dicht gezwängt.

Flaubert grinste amüsiert. Die Situation erinnerte ihn eher an eine U-Bahn-Station zur Stoßzeit, als an eine Bar.

2

Sterbliche und Unsterbliche tummelten sich hier, bunt gemischt, auf engstem Raum. Nur wenige Sterbliche wussten wirklich über diesen Ort Bescheid. Der Großteil aber hielt ihn einfach für eine gewöhnliche Bar.

Für die Unsterblichen aber, war das „Dead End" ein Ort der Zuflucht. Auf Blakes Anordnung hin waren ernsthafte Auseinandersetzungen hier streng verboten; natürlich bildete eine ordentliche, handfeste Kneipenschlägerei eine Ausnahme. Einen anderen Vampir oder Sterblichen, zu töten, war genauso verboten, wie sein untotes Wesen den Sterblichen zu enthüllen, die nicht zu den wenigen Eingeweihten gehörten. Diese Vergehen wurden mit dem endgültigen Tod geahndet.

3

Mac Lane und Flaubert bahnten sich langsam ihren Weg durch die Masse aus Leibern und Qualm.

„Du bist dir sicher, dass da 22:00 Uhr auf diesem Zettel an der Pinnwand gestanden hat?", erkundigte sich Flaubert und versuchte die laute Musik zu übertönen.

„Ganz sicher", versicherte Mac Lane und schob sich weiter durch die Masse.

„Und du bist dir auch sicher, dass „Dead End" auf dem Zettel stand?", hakte Flaubert weiter nach.

„Ja, ganz sicher", erwiderte Mac Lane und rollte mit den Augen.

Flaubert schwieg für einige Sekunden und folgte Mac Lane, ehe er sagte: „Gib mir den Zettel mal her!"

„Warum?", fragte Mac Lane ohne stehen zu bleiben.

„Gib ihn mir einfach."

„Hab' ihn weggeworfen."

„Du hast was?", fragte Flaubert entrüstet.

„Ihn weggeworfen."

„Toll gemacht! Ganz toll! Und wenn du dich nun verlesen hast?"

„Hab' ich nicht", sagte Mac Lane ruhig.

4

Eine kurze, breite Treppe, im hinteren Teil der Bar, führte hinauf zu einer Terrasse, die eine Art VIP-Bereich darstellte. Eine dicke Kordel aus glänzendem, rotem Samt war zwischen den Pfosten des Treppenaufganges gespannt.

Eine Reihe feinster Ledersessel, vornehmer Teppichboden und ein edler Poolbillard-Tisch passten zwar nicht wirklich in eine Hardrock-Bar, boten aber eine gute Möglichkeit sich etwas zu entspannen, auch wenn man das bei der gängigen Musik nicht vermuten mochte. Etwas unpassend war auch die altmodische Jukebox an der hinteren Wand des VIP-Bereiches.

Am oberen Ende der Treppe standen zwei muskulöse Männer in schwarzen Anzügen, mit dunklen Sonnenbrillen. Sie sollten sicherstellen, dass ausschließlich befugte

Personen diesen Bereich betraten.

Mac Lane und Flaubert waren befugt. Sie waren am Fuß der Treppe stehengeblieben. Flaubert ging zum linken Treppenpfosten hinüber und löste die Verankerung der Kordel, als Mac Lane sie einfach überstieg.

Flauberts Mundwinkel sanken schlagartig. Er sah Mac Lane kopfschüttelnd mit vorwurfsvollem Blick hinterher und seufzte. *Ruhig bleiben Henry. Ruhig bleiben. Das macht er nur um dich zu provozieren.*

Mac Lane marschierte unterdessen in aller Ruhe die Treppe hinauf. Er drehte sich kurz zu Flaubert um und machte mit der Linken eine gleichgültige Geste in dessen Richtung.

„Du mieser, kleiner …", zischte Flaubert, schluckte den Rest des Satzes aber hinunter und hakte das Ende der Kordel wieder sorgsam am Treppenpfosten ein. Er konnte es nicht ausstehen, wenn sich Mac Lane einfach nicht zu benehmen wusste und er war sich auch sicher, dass Mac Lane es oft genug nur tat, um ihn damit zu ärgern - und das mit großem Erfolg. Verärgert folgte er Mac Lane nach oben.

Wie schon zuvor an der Eingangstür reichte auch hier ein Nicken in Richtung des Wachpersonals, um die Terrasse betreten zu dürfen. Beide Männer erwiderten Flauberts Nicken. Er hatte die Terrasse gerade betreten, als er Mac Lane erspähte und sein Ärger wieder anstieg.

Mac Lane saß in einem der feinen, blutroten Ledersessel und redete mit dem Hamster, den er vor sich auf den Tisch gelegt hatte.

„Steck' das weg!", forderte Flaubert bestimmt, als er sich zu Mac Lane an den Tisch setzte.

„*Er* ist kein „Das"! Verstanden?", erklärte Mac Lane entschieden und fuhr dem Hamster behutsam mit dem Zeigefinger über den kleinen Kopf.

„Von mir aus. Dann steck' „ihn" weg", schnaubte Flaubert.

„Bitte", sagte Mac Lane.

„Bitte, was?", fragte Flaubert.

„Steck' ihn *bitte* weg."

Flaubert hob die Hand und winkte Mac Lane mit dem Zeigefinger näher heran, dann beugte er sich über den Tisch in dessen Richtung.

Mac Lane beute sich wie verlangt vor und wartete gespannt.

„Steck' bitte den verfluchten Hamster wieder ein, bevor ich ihn dir in den Hals stopfe, verstanden?", fragte Flaubert in gezwungen ruhigem Ton.

„Bitte sehr." Mac Lane ließ den Hamster mit einer schnellen Bewegung zurück in seine Manteltasche gleiten. „Zufrieden?", fragte er trotzig.

„Ja." Flaubert lehnte sich zurück und fügte etwas zögerlich hinzu: „Danke."

„Gut. Denn das Letzte was ich will ist, dass du deinen Ärger passiv aggressiv sublimierst."

Flaubert stutzte und sah Mac Lane verwundert an. „Das ich was? Subversiv? Was?"

„Ich seh' schon, das geht über deinen Horizont. Reden wir lieber von was anderem, einverstanden?"

„Einverstanden", sagte Flaubert misstrauisch und versuchte noch immer die Bedeutung der Worte zu entschlüsseln, die Mac Lane gebraucht hatte.

„Du warst doch mal Arzt, damals, als du noch Mensch warst, richtig?", fragte Mac Lane scheinbar ehrlich interessiert und schlug einen ernsten Ton an.

„Ja, und?", Flaubert war gespannt. Zu welchem medizinischen Thema sollte ihm ausgerechnet Mac Lane eine Frage stellen wollen?

„Dann hast du auch Biologie studiert, oder?", fragte Mac Lane weiter.

„Natürlich." Flaubert wusste nicht recht, was er von

dieser Unterhaltung halten sollte. Bisher schien sie in der Tat in vernünftigen Bahnen abzulaufen. Ein Umstand, der Flauberts Misstrauen nur weiter schürte. Er kannte Mac Lane gut genug um zu wissen, dass das nicht lange gut gehen konnte. „Warum fragst du?", hakte er also nach.

„Naja, Herr Biologe, ich habe eine Frage die mich schon seit einer Weile beschäftigt." Mac Lane kratzte sich verlegen am Kopf und sah Flaubert dabei nachdenklich an. „Sag mal, machen Fische eigentlich „Peng", oder „Bumm", wenn man sie zu doll aufbläst?"

„Ob Fische …", wiederholte Flaubert, dann legte er seine rechte Hand über die Augen und begann langsam den Kopf zu schütteln. Er hatte mit allem gerechnet, nur nicht mit dieser Frage. Er zog die Hand langsam über das ganze Gesicht hinab, bis sie schließlich über dem Mund anhielt. Nur Sekunden später nahm Flaubert die Hand vom Mund und fragte: „Warum in aller Welt, sollte man Fische aufblasen?"

„Was ist das denn für eine Frage?", wollte Mac Lane entrüstet wissen.

„Nervst du eigentlich nur mich mit diesem Scheiß oder machst du das auch bei anderen Leuten? Fische aufblasen … Pff … Du hast sie doch nicht mehr alle, ist dir das klar?", brummte Flaubert und sank in seinen Sessel zurück.

„Also Verzeihung bitte, aber ich hätte schon gerne eine Antwort auf meine Frage." Mac Lane sah Flaubert ernst an. Es mochte schwer vorstellbar sein, doch Mac Lane schien tatsächlich eine Art verdrehten, wissenschaftlichen Interesses an der Sache zu haben.

„Ich habe keine Ahnung, ob Fische „Peng", oder „Bumm" machen. Woher glaubst du, sollte ich das wissen?", erkundigte sich Flaubert und bereute es bereits gefragt zu haben, noch während die Worte über seine Lippen kamen.

„Ich weiß auch nicht. Aber wenn du ordentlich studiert

hättest, würdest du es wissen", sagte Mac Lane bestimmt und rieb sich nachdenklich das Kinn.

„Was soll das schon wieder heißen? *Ordentlich* studiert. Man wird nicht einfach über Nacht Arzt, du …", sagte Flaubert aufgebracht und wedelte mit dem Zeigefinger vor Mac Lanes Gesicht herum.

„Sieh mal da!", unterbrach Mac Lane Flaubert und deutete auf eine Person, die sich ihren Weg durch die Menge im Gastraum bahnte.

Flaubert drehte sich um und ließ den Blick neugierig über die Menschenmenge gleiten.

„Sie ist es. Das ist Misato!", versicherte Mac Lane.

„Ja scheint so", bestätigte Flaubert. „Sie sieht ihrer Schwester wirklich verdammt ähnlich. Ich werde sie mal an unseren Tisch bitten." Flaubert stand auf und ging los, drehte sich aber auf halbem Wege zur Treppe nochmals zu Mac Lane um. „Und kein Gequatsche über tote Hamster, oder Fische, klar?"

„Ja, ja", erwiderte Mac Lane grinsend. Er konnte es sich selbst nicht wirklich erklären, aber etwas an Flaubert reizte ihn geradezu dazu, ihn zur Weißglut zu treiben. Was genau es auslöste, wusste er auch nicht.

5

Damit nicht jede Bestellung von der Theke quer durch die Bar getragen werden musste, gab es einen separaten Zugang zum VIP-Bereich. Dieser Zugang war ein schmaler Flur, der vom Rest der Bar aus nicht einsehbar war. Gerade als Flaubert das untere Ende der Treppe erreicht hatte, waren Schritte aus dem Flur zu hören.

Mac Lane sah zur offenstehenden Tür des Flurs hinüber und lächelte. Der Klang dieser Schritte war einzigartig. Irgendwie abgehackt und dabei doch kraftvoll. Er wusste genau, wer sie da besuchen kam.

„Hast dich lange nicht blicken lassen, Junge." Ein älterer Mann in einem feinen, schwarzen Anzug und mit einem eleganten Gehstock war in der Tür erschien. Angus, der Besitzer und Leiter des 'Dead End'. Er war erstaunlich groß und kräftig für sein Alter. Das lange, silbergraue Haar fiel majestätisch auf seine Schultern. Unter der Nase lag ein breiter, ebenfalls silbergrauer, Schnurrbart, der sorgfältig gestutzt war. Prächtige, schwarze Augenbrauen spannten sich über seine dunkelbraunen Augen die dadurch, im Kontrast zu seinem sonst silbergrauen Haar, noch deutlicher betont wurden. Angus' Augen als ehrfurchtgebietend zu bezeichnen wäre sicher richtig gewesen, aber noch stark untertrieben.

Den rechten Mundwinkel zu einem Grinsen verzogen, stand er einen Moment in der Tür und sah Mac Lane an. „Du hältst ihn immer noch ganz gut auf Trab, was Junge?", fragte Angus und humpelte, mit beachtlicher Geschwindigkeit und sehr geschickt, auf Mac Lane zu. Sein linkes Bein war steif und der Grund für sein Humpeln. Er zog sich mühelos einen der großen Ledersessel vom Nebentisch herüber und ließ sich darauf nieder.

„So gut ich kann", antwortete Mac Lane und lachte. „Weißt du", sagte er und sein Blick glitt von Angus' Augen hinüber zu der Menschenmenge im öffentlichen Bereich der Bar. „Manchmal ist es fast schon zu einfach."

Angus lachte herzlich. „Ich hab' gehört, ihr hattet Ärger", erkundigte er sich schließlich ernst.

„Ja, aber nichts Ernstes", sagte Mac Lane ruhig. „Im Grunde war er recht sanft zu uns."

„Das meinte ich nicht, Junge", unterbrach ihn Angus. „Ich rede nicht von Blake, sondern von dem Ärger heute Abend." Er sah Mac Lane mit ernstem, vorwurfsvollem Blick an.

„Hmmm …", brummte Mac Lane missmutig und

senkte verlegen den Blick. Er wusste genau was Angus meinte und noch viel besser wusste er seinen Blick zu deuten. „Weißt du", begann Mac Lane und hielt inne. Ihm wollten einfach nicht die passenden Worte einfallen.

„Es grenzt an ein Wunder, dass ihr das überlebt habt. Das ist keine Leistung auf die ihr besonders stolz sein könnt. Du hast deinen Gegner entkommen lassen und Flaubert", Angus schüttelte verächtlich den Kopf und schnaubte. „Flaubert hat sich in die Raserei treiben lassen."

„Auf Gegner wie diese hast du uns nicht vorbereitet, Angus. Woher hätten wir wissen sollen, was uns erwarten würde?", fragte Mac Lane und versuchte dabei nicht ganz so vorwurfsvoll zu klingen.

„Ich bin alt, Junge, und meine Augen haben im Laufe der Jahrhunderte viel gesehen, aber auch ich weiß nicht alles. Eins ist aber sicher, würdet ihr euch nicht nur alle paar Monate zum Training eurer Fähigkeiten bei mir einfinden, wärt ihr auch in der Lage besser mit unerwarteten Situationen fertig zu werden."

Mac Lane seufzte. Angus hatte nicht unrecht damit, dass sie ihre Fähigkeiten besser trainieren sollten, aber für Blake zu arbeiten bedeutete auch, ständig unterwegs zu sein. Insgeheim war sich Mac Lane sicher, dass Angus das wusste - vielleicht besser als jeder andere. „Wahrscheinlich hast du recht", sagte Mac Lane diplomatisch.

„Wahrscheinlich?", fragte Angus mit strengem Ton, zog die rechte Augenbraue hoch und sah Mac Lane ernst an.

„Wahrscheinlich", wiederholte Mac Lane und lächelte.

Angus sah ihn unverändert streng an, konnte sich sein Grinsen aber schließlich nicht länger verkneifen. „Wahrscheinlich", stimmte er also zu.

„Wie war das damals mit dir und Blake?", fragte Mac Lane aus heiterem Himmel. „Du hast uns nie wirklich etwas über euch erzählt." Zum einen wollte Mac Lane das

Thema wechseln, zum anderen brannte ihm diese Frage schon länger unter den Nägeln.

„Was glaubst du warum?", fragte Angus lächelnd.

„Alzheimer?", fragte Mac Lane grinsend.

„Alzheimer", wiederholte Angus lachend und schüttelte amüsiert den Kopf. Unablässig lächelnd wandte er sich schließlich Mac Lane zu und sah ihm tief in die Augen.

Mac Lane starrte zurück. Es dauerte eine Weile, dann nickte er verständig. Im Grunde war ihm von Anfang an klar gewesen, dass Angus nichts Näheres über sein Verhältnis zu Blake erzählt hatte, weil es etwas zu persönliches war. Niemand kannte Blake länger, und Mac Lanes Einschätzung nach daher auch besser, als Angus - zumindest niemand, den Mac Lane kannte. Er hatte Angus sehr gern und fragte sich schon eine ganze Weile, was oder wer, der Grund für das steife Bein war. Etwas sagte ihm, dass Blake wissen musste was passiert war.

Als Angus den Blick wieder der Menschenmenge zuwandte, um zu sehen wo Flaubert blieb, behielt Mac Lane ihn noch einige Sekunden im Auge. „Wer hat dir das nur angetan, alter Mann?"

„Zerbrich dir nicht den Kopf, Junge. Lass es gut sein. Die Sache ist schon ewig her", erwiderte Angus unverhofft ohne den Blick von der Menschenmasse zu nehmen.

„Er war es, nicht wahr?" Mac Lanes Stimme klang auf einmal sehr ernst.

„Ihr habt ihm viel zu verdanken, Junge, vergiss das nicht", erklärte Angus mit fester Stimme. „Er hat dich und Flaubert seinen eigenen Kindern vorgezogen, als er euch das Blutserum verabreicht hat. Nur ihm habt ihr es zu verdanken, dass euch das Sonnenlicht nichts anhaben kann. An den Rest muss ich dich wohl nicht erinnern."

„Warum hat er sich nie selbst um unsere Ausbildung gekümmert? Warum du? Warum hat er uns an dich weitergeschoben, wenn er uns in so vieler Hinsicht seinen Kindern vorzieht?", fragte Mac Lane beharrlich. Es war weniger so, dass er sich eine Antwort auf auch nur eine seiner Fragen erhoffte, als mehr die Erleichterung sie Angus endlich einmal gestellt zu haben.

„Das wirst du ihn schon selbst fragen müssen, Junge. Vergiss nur niemals, dass er es war, der euch das Leben gerettet hat. Viele von uns sind in diesen chaotischen Zeiten damals umgekommen. Die Scheiterhaufen loderten taghell. Die Nächte waren heller als der Tag. Gruften, Keller, Höhlen - ganz egal. Sie haben Unseresgleichen überall wie Vieh gejagt. Nur ihm hast du es zu verdanken, das du nicht in deinem Sarg verbrannt bist in jener Nacht. Vergiss das niemals, hörst du?"

Mac Lane schwieg. Er schuldete Blake sein Leben, dass war ihm klar. Auch, dass er ihm diese Schuld wohl nie würde zurückzahlen können - aber er hasste es, daran erinnert zu werden.

6

Das Mittelalter war keine angenehme Zeit gewesen; nicht für die Menschen und noch weniger für Vampire.

Mehr als fünfhundert Jahre waren seither vergangen und doch hatte Mac Lane diese Nacht noch so deutlich vor Augen, als wäre es gestern gewesen.

Der Schein der Feuer und Fackeln.

Der Geruch von verbranntem Holz und Fleisch.

Und die Schreie.

Die Schreie seiner Frau. Die Schreie seiner Töchter.

Noch heute klangen sie in seinen Ohren nach und brannten sich in seine Seele, heißer, als die Flammen der Scheiterhaufen. Und Augen. Blakes Augen – glühende Kohlen.

„John", sagte Angus und rüttelte an ihm. „Alles klar?"

Mac Lane zuckte. „Ja, sicher", antwortete er zögerlich und versuchte den Moment zu überspielen. Er hatte nicht gemerkt, wie tief er in seinen Erinnerungen versunken gewesen war.

„Angus!", rief Flaubert freudig, als er von seinem Bad in der Menge zurückkehrte. Er hatte Misato am Handgelenk gepackt und zerrte sie hinter sich her.

„Loslassen!", schimpfte Misato und hieb immer wieder auf den unbeeindruckten Flaubert ein.

„Flaubert", erwiderte Angus knapp und lächelte, dann stand er auf. „Das Übliche für euch? Und ein Bier für die Dame?" Ohne ihre Reaktion abzuwarten, zwinkerte er Misato grinsend zu und humpelte zurück zum Verbindungsgang.

„Worüber habt ihr gesprochen?", fragte Flaubert und musterte Mac Lane misstrauisch.

„Dies-und-das", sagte Mac Lane und rang sich ein Lächeln ab.

„Hmm", brummte Flaubert und nickte zustimmend.

Mac Lane erkannte erst jetzt , dass Flaubert die Frau mit einem Paar blitzender Handschellen an sich gefesselt hatte. „War das nötig?"

„Was denn?", fragte Flaubert und war sich keiner Schuld bewusst.

„Findest du das nicht etwas übertrieben?"

Flaubert blieb ihm die Antwort schuldig. Er bedeutete Misato mit einem zärtlichen Ruck an den Handschellen, dass sie auf dem Sessel zwischen ihnen Platz nehmen sollte.

Kaum das auch Flaubert Platz genommen hatte, erschien Angus wieder aus dem Gang. Er lächelte und balancierte geschickt ein Tablett mit Getränken. „Ein Bier für die bezaubernde, junge Dame", sagte er, am Tisch angelangt und stellte ein großes Glas kühlen Biers vor Misato auf den Tisch. „Und zwei Mal „das Übliche" für euch, Jungs." Mit diesen Worten stellte er zwei große Weingläser vor Mac Lane und Flaubert ab. Bei ihrem Inhalt musste es sich um Rotwein handeln oder ein anderes Getränk ähnlicher Farbe.

„Danke", sagte Flaubert, setzte das Glas an und trank einen großen Schluck.

Mac Lane nickte zustimmend, dann prostete er Flaubert und Misato zu. Er nippte nur kurz, dann stellte er das Glas wieder auf den Tisch.

„Lasst' s euch schmecken. Ihr wisst ja, wo ihr mich findet", sagte Angus. Er lächelte Misato freundlich zu, ehe er Mac Lane und Flaubert einen unmissverständlichen Blick zuwarf.

„Sicher." Mac Lane nahm das Weinglas vom Tisch, schwenkte es sacht hin und her und leerte es schließlich in einem Zug. „Ah! Ausgezeichnet!"

„Was war das denn? Hast du denn wirklich gar kein Benehmen, du Prolet? Man kippt sich Wein nicht einfach so in die Figur", empörte sich Flaubert. Anders als Mac Lane hatte er sein Glas nach dem ersten genüsslichen Schluck wieder auf dem Tisch abgestellt.

Mac Lane sah Flaubert fragend an. Dann langte er nach einer der Servietten auf dem Tisch und hob sie mit spitzen Fingern an seine Lippen. Sacht, beinahe zaghaft, tupfte er die Reste des Weins von seinen Lippen. Er blickte Flaubert erwartungsvoll an. „Besser so?"

Flaubert kniff vor Wut die Augen zusammen. „Ja, viel besser", fauchte er.

„Also", sagte Mac Lane schließlich freundlich. „Sie sind Misato, richtig?".

Misato schwieg. Bisher hatte sie weder etwas gesagt, noch ihr Bier angerührt. Ihr Blick wechselte misstrauisch zwischen Mac Lane und Flaubert.

„Es gibt keinen Grund zur Sorge. Wir wollen nur mit Ihnen reden. Nichts weiter", beteuerte Mac Lane.

„Ach ja?", fragte Misato plötzlich übertrieben aggressiv. „Warum hat mich der Typ dann entführt?" Sie deutete auf Flaubert, der gerade an seinem Wein nippte und auf ihre Anschuldigung hin nur gleichgültig mit den Schultern zuckte.

„Ich kann mich irren, aber normalerweise würde mein Partner so etwas nicht ohne Grund tun. Ich habe eher den Eindruck, Sie haben ihm keine andere Wahl gelassen."

„Ach ja?", fragte Misato noch gereizter und beugte sich weiter nach vorn. „Er wollte einfach nicht locker lassen. Wollte mich unbedingt auf ein Bier einladen. Und dann, nach dem dritten Nein, zieht er die uralte Masche mit der falschen Polizeimarke ab, um mich damit zu beeindrucken."

Mac Lane drehte sich zu Flaubert um. „Du hast sie auf ein Bier eingeladen und *dann* deine Polizeimarke gezogen? Ernsthaft?", fragte er Flaubert vorwurfsvoll.

„Ja, und?", erwiderte Flaubert gelassen.

„Ein richtiger Polizeibeamter hätte nur seine Marke gezeigt und sie gebeten ihm zu einem Gespräch zu folgen. Auf ein Bier einladen …" Mac Lane schüttelte verständnislos den Kopf.

„Verzeihung bitte, aber ich mache das hier heute zum ersten Mal, Herr Neunmalklug", prustete Flaubert beleidigt.

„Und du machst es so gut, dass man es kaum merkt", sagte Mac Lane und seufzte tief. „Na schön. Überraschung! Wir sind keine Polizisten."

„Nein! Im Ernst?!", rief Misato sarkastisch.

„Ja, ja, sehr witzig", brummte Mac Lane. „Aber es ist wirklich wichtig, dass Sie mit uns reden."

„Warum sollte ich? Ich weiß ja nicht 'mal wer ihr Typen überhaupt seid."

„Wir sind … ", sagte Mac Lane, als Flaubert wie ein Springteufel nach vorne schnellte und ihn unterbrach.

„In Wahrheit vom F-B-I!", vollendete er Mac Lanes Satz mit fester Stimme und hatte den Versuch unternommen einen möglichst ernsthaften Gesichtsausdruck aufzusetzen. „Ich bin Agent Sculder und das ist mein Partner, Agent Mully. Wir arbeiten mit der japanischen Regierung zusammen an einem großen Fall und hätten da einige Fragen im Interesse der nationalen Sicherheit an Sie."

Mac Lane drehte sich im Zeitlupentempo zu Flaubert um. Seine Stirn lag in tiefen, argwöhnischen Falten.

Misato war erst völlig perplex, brach dann aber schnell in schallendes Gelächter aus. Sie schlug vor Lachen mit der flachen Hand auf den Tisch und musste sich einige Tränen aus den Augen wischen.

„FBI?", fragte Mac Lane fassungslos. „Agent Mully und Sculder?" Er schüttelte den Kopf. „FBI? In Tokyo? Nationale Sicherheit?"

„Was denn?", fragte Flaubert und lehnte sich in seinem Sessel zurück. „Hätte doch klappen können. Wenigstens habe ich mir etwas einfallen lassen. Und wer sieht heute noch diese dämliche Serie?"

„Mully und Sculder?", wiederholte Mac Lane noch immer von Fassungslosigkeit überwältigt. „Das nennst du dir etwas einfallen lassen? Warst du es nicht, der mir vorhin erklärt hat, dass „sich etwas einfallen lassen" mit Überlegen zu tun hat? Wo bitte war denn da die Überlegung in deiner Aktion? Hä?"

Flaubert drehte beleidigt den Kopf zur Seite und grummelte vor sich hin. Er fand dass seine Idee sehr gut gewesen war.

„Unfassbar", zischte Mac Lane und wandte sich wieder Misato zu, die noch immer vor Lachen weinte und sich mittlerweile mit der Hand den Bauch halten musste. „Machen wir' s kurz: Wir wissen, dass Ihre Schwester Ihnen ein Schmuckdöschen mit außergewöhnlichem Inhalt übergeben hat. Wir wollen es haben."

„Aber *das* war jetzt besser, Dr. Vorschlaghammer?", fauchte Flaubert empört.

„Ja, das war sogar *viel* besser! Weißt du, einfach *alles* wäre so ziemlich viel besser gewesen, als der FBI-Mist!", fauchte Mac Lane zurück.

Misato atmete zwar noch schwer vom Lachen, doch ihr Gesicht nahm schnell wieder ernsthafte Züge an. „Da müsst ihr mich verwechseln, ehrlich. Ich weiß nichts von einem Schmuckdöschen", beteuerte sie.

„Es ist zu Ihrem eigenen Besten, wenn Sie uns das Kästchen einfach geben. Je schneller, desto besser für uns alle."

„Na gut", sagte Misato schließlich neugierig. „Mal angenommen, ich hätte das Kästchen, oder wüsste wo es ist – wie viel wäre es euch wert?" Misato grinste.

Mac Lane zeigte ein kleines Lächeln. „Fünfzigtausend US-Dollar", sagte er locker.

„Fünfzigtausend Dollar?" Misato lachte laut. „Wollt ihr mich verarschen? Das Ding müsste locker das Vier- oder Fünffache wert sein. Und wenn ich es tatsächlich hätte, hätte ich bestimmt schon bessere Angebote bekommen."

„Von?", fragte Mac Lane misstrauisch.

„Das würde euch nichts angehen", hauchte Misato bestimmt. „Aber wenn ich - natürlich nur hypothetisch - das Ding hätte und euch verkaufen wollte, wärt ihr mit einer halben Million schon so gut wie im Besitz des Kästchens." Misato lächelte freundlich und schlug die Beine übereinander, dann langte sie nach dem Bierglas und nahm einen tiefen Zug.

„Das ist ein wenig viel, meine Liebe", sagte Mac Lane plötzlich sehr ernst. „Und ich glaube Sie verkennen den Ernst der Lage, in der Sie sich befinden. Sie haben keine

Ahnung, was Sie da haben."

„So?", fragte Misato und versuchte so undurchschaubar wie möglich zu wirken. Es stimmte zwar, dass sie nicht die leiseste Ahnung hatte, was sich da in ihrem Besitz befand, aber wenn es Leute gab die so versessen darauf waren dieses Ding zu bekommen, dann musste es einiges wert sein. „Na gut", sagte sie ruhig. „Warum sagen sie mir nicht, was ich da angeblich habe? Dann entscheide ich selbst."

„Schön", sagte Flaubert schließlich am Ende seiner Geduld und griff in die Tasche seines Mantels. „Was jetzt kommt, haben Sie sich selbst zuzuschreiben."

„Was machst du?", fragte Mac Lane nervös und drehte sich schnell zu Flaubert um. Er war davon überzeugt das Flaubert nach seiner Waffe kramte.

Flaubert zog das Handy von Misatos toter Schwester hervor. „Hast du gedacht ich zieh' die Waffe?"

„Naja … ", sagte Mac Lane verlegen.

„Ich bitte dich!", empörte sich Flaubert. „Ich würde nie im Leben einer Frau etwas antun! Ich bin Franzose!"

„Nie im „Leben", ja? Franzose, was?", fragte Mac Lane spitzfindig. „Mal von Marie Antoinette gehört?"

„Halt die Klappe", brummte Flaubert und klappte das Handy auf. „Hier", sagte Flaubert und schob Misato das Handy über den Tisch.

Ahnungslos hob Misato das Handy vom Tisch und sah auf das Display. Sie stieß einen schrillen, entsetzten Schrei aus und ließ das Handy auf den Tisch fallen. Sie schob es zu Mac Lane und schlug schluchzend die Hand vor das Gesicht.

Mac Lane schnappte das Handy. „Was soll denn das?", fragte er Flaubert entsetzt und steckte es ein.

„Das ist alles was von Ihrer Schwester noch übrig war, als wir sie gefunden haben. Wer auch immer sonst noch hinter dem Kästchen her ist, wird nicht zögern, mit Ihnen das Gleiche anzustellen, wenn Sie ihm nicht geben, was er will. Verstehen Sie jetzt, warum es wichtig für Sie ist mit uns zu kooperieren?"", fragte Flaubert eindringlich.

Misato schluchzte und schüttelte heftig den Kopf. „Das kann nicht sein. Was stimmt nicht mit Ihnen? Wie können sie mir so was ohne Vorwarnung zeigen?"

„Es tut mir leid", sagte Flaubert aufrichtig. „Aber wenn Sie nicht mit uns zusammenarbeiten, werden Sie bestenfalls ebenso enden." Er hielt kurz inne und fügte hinzu: „Und das will ich verhindern."

„Wer sagt mir, dass ihr das nicht gewesen seid? Und warum war nichts in den Nachrichten?"", schluchzte Misato und wischte sich Tränen aus dem Gesicht.

„Wir haben die Informationen über den Mord an Ihrer Schwester zurückgehalten. Schließlich wollten wir nicht, dass Sie einfach verschwinden. Es tut mir leid", sagte Flaubert.

„Behandelt man so eine Dame?"", fragte Angus wütend. Misatos Geschrei hatte ihn auf den Plan gerufen und er war zwischen Mac Lane und Flaubert getreten. Er versetzte erst Mac Lane, dann Flaubert einen schmerzhaften Hieb mit seinem Stock auf den Kopf.

„Was hab' ich denn gemacht? Er war 's!", beschwerte sich Mac Lane.

„Aber du sollst auf ihn aufpassen!"", schimpfte Angus und versetzte Mac Lane einen zweiten Hieb. „Ich hätte euch besser etwas darüber beibringen sollen, wie man Frauen behandelt." Angus trat neben Misato und sein Blick fiel auf die Handschellen „Also wirklich! Es gibt nur eine Art von Ketten, die eine Dame am Handgelenk tragen sollte und das ist Schmuck." Angus streckte die Hand in Richtung Mac Lane aus und schnipste gebieterisch mit den Fingern.

Mac Lane rieb sich mürrisch den Kopf, sah Angus an und deutete schweigend auf Flaubert.

Angus hielt Flaubert die Hand hin und wiederholte die

100

Geste.

„Ich … Also ich …", stotterte Flaubert und begann verlegen zu kichern. „Also, haha, witzige Geschichte Jungs. Seht ihr, es sieht so aus, als hätte ich vergessen mir die Schlüssel geben zu lassen." Flaubert grinste Angus peinlich berührt an.

Angus' Gesichtsausdruck verfinsterte sich und Flaubert zuckte mit den Schultern. Ohne ein Wort zu sagen versetzte er Flaubert einen weiteren Hieb mit dem Stock.

Während sich Flaubert den schmerzenden Kopf rieb, begab sich Angus zu Misato. Er nahm behutsam ihre gefesselte Hand. „Gestatten Sie?", fragte Angus höflich. Mühelos brach er die Fessel um Misatos Handgelenk auseinander. „Das ist doch gleich viel besser, nicht wahr? Wie wäre es mit einem Tee?", fragte Angus und strich Misato behutsam eine Strähne ihres langen Haars aus dem nassen Gesicht.

Verwirrt, aber froh darüber die Fesseln los zu sein, nickte sie heftig.

Angus warf Mac Lane und Flaubert einen vorwurfsvollen Blick zu. „Darüber unterhalten wir uns noch."

„Danke!", schniefte Misato. Mit dem Ärmel ihres Hemds wischte sie sich die restlichen Tränen aus dem Gesicht.

„Wann hattest du eigentlich die Zeit die Fotos zu machen?", fragte Mac Lane erstaunt.

„Bevor wir gegangen sind", erklärte Flaubert.

„Wozu?", fragte Mac Lane misstrauisch.

„Als Beweis", sagte Flaubert und zuckte mit den Schultern.

Mac Lane nickte. „Erstaunlich schlüssig", gestand er.

„Ja, oder?" Flaubert lächelte ihn an.

„Also schön", schniefte Misato plötzlich. „Ihr könnt das verfluchte Ding haben. Aber das ist nicht alles. Ich will nicht so enden. Ihr müsst mich vor denen beschützen. Bit-

101

te." Misato sah Mac Lane mit ihren großen, traurigen Augen flehend an.

„Das ist kein Problem", antwortete Mac Lane und nickte ihr beruhigend zu.

„Verzeihung, bitte", sagte Flaubert und rückte näher an Mac Lane heran. „Könnte ich dich wohl kurz unter vier Augen sprechen, bitte?"

„Sicher", sagte Mac Lane und er und Flaubert drehten sich mit ihren Sesseln von Misato weg.

„Sie beschützen? Bist du noch ganz dicht?", flüsterte Flaubert ärgerlich. „Nicht nur, dass uns die Viecher dann wie blöde jagen werden, erklär' das erst mal Blake."

„Kein Problem, wir lassen sie einfach hier bei Angus, bis die Sache vorbei ist. Angus kann schon auf sie aufpassen, meinst du nicht?", erläuterte Mac Lane.

„Schön, das löst vielleicht das Problem mit dem Beschützen, aber es verschlimmert das Problem mit Blake."

„Was meinst du?", fragte Mac Lane erstaunt.

„Denk doch mal nach", erklärte Flaubert. „Wenn sie hier bleibt, wird sie früher oder später etwas sehen, was sie nicht sehen dürfte. Erinnere dich daran, was Blake gesagt hatte. Wenn wir von ihr haben was wir suchen, sollen wir sie erledigen."

„Wird schon schief gehen."

„Das befürchte ich ja."

„Du hättest sie doch sowieso nicht erledigt."

„Sicher nicht. Du etwa?", fragte Flaubert heiser.

„Nie!"

„Und jetzt?"

„Sie bleibt. Und wenn Blake fragt, war 's meine Idee."

„Guter Plan! Gefällt mir!"

„Dachte ich mir."

„Tut mir Leid", sagte Flaubert ehrlich und beide drehten sich wieder zu Misato um.

„Also schön", sagte Mac Lane und lächelte freundlich.

„Wo haben Sie das Ding versteckt?"

„Hier", sagte Misato und klopfte mit der flachen Hand auf ihre Jacke.

Mac Lane und Flaubert sahen sie fassungslos an. „Wie bitte?"

Misatos Hand fuhr in ihre Jackentasche. Einen Augenblick später stellte sie ein kleines, braunes Schmuckdöschen auf den Tisch. „Da ist …", brachte Misato heraus, bevor ihr Kopf auf den Tisch knallte.

Sie schlief.

8

Im ersten Moment sahen sich Mac Lane und Flaubert nur fragend an, dann wanderte ihr Blick hinab zur Theke.

Von einem knappen Dutzend Gästen, die genauso verwundert waren wie Mac Lane und Flaubert, lagen alle anderen am Boden und schliefen.

Flaubert und Mac Lane sahen einander an und jeder konnte in den Augen des anderen lesen, dass er verstanden hatte, was los war. Sie drehten sich langsam um und blickten - wohl wissend was sie erwartete - durch den Spalt zwischen ihren Sessellehnen hindurch.

9

Es gab nur eine Erklärung für dieses Massenkoma: Engel.

Engel waren durch ihre bloße Präsenz dazu in der Lage, die verschiedensten Effekte hervorzurufen, wenn sie es wollten. Die meisten ihrer Fähigkeiten zeigten jedoch, abhängig von der Mächtigkeit des Engels und der seines Ziels, bei Vampiren und anderen Übernatürlichen keine Wirkung.

Alle Besucher die nicht schliefen, waren Vampire - oder etwas Ähnliches. Keiner von ihnen wollte sich mit Engeln anlegen, weshalb die meisten ihr Heil in der Flucht suchten; lediglich zwei andere Übernatürliche blieben, retteten sich aber vorsorglich hinter die Theke.

Die Musik verstummte, als einer von beiden beim Schwung über die Theke die Musikanlage mit in die Tiefe riss.

10

„Ich hasse diese Viecher", sagte Flaubert mit tiefer Abscheu.

„Ja, ich auch", antwortete Mac Lane.

Beide starrten Kuro und Gunther an. Ihre vormals schwarzen Anzüge strahlten in leuchtendem Weiß. Das kurze, dunkle Haar änderte seine Farbe zu einem strahlenden Blond und wuchs bis es auf Schulterhöhe stoppte. Wunderschöne, leicht golden schimmernde, weiße Schwingen prangten auf ihren Rücken. Einige einzelne Federn schwebten im Zeitlupentempo zu Boden.

So stellte man sich Engel vor: majestätische, erhabene Kreaturen von vollkommener Schönheit - man musste den Begriff „Schönheit" im Fall von Kuro und Gunther allerdings großzügiger definieren.

Auch die schwarzen Sonnenbrillen, die die beiden noch nicht abgenommen hatten, wirkten reichlich deplatziert.

„Vielleicht gehen sie ja wieder weg, wenn wir sie nicht beachten", sagte Mac Lane. Als er Flauberts tadelnden Blick auffing seufzte er. „Ja, ja, ich weiß. Wir müssen wohl mal wieder ran."

„Wir wollen das Kästchen", sagte Kuro, trat demonstrativ einen Schritt näher, und fügte überflüssiger Weise hinzu: „Wenn ihr gestattet."

„Ob die wissen, wie bescheuert sie mit den Brillen aussehen?", fragte Flaubert Mac Lane neugierig.

Mac Lane deutete ein leichtes Kopfschütteln an und zuckte mit den Schultern, dann warf er Flaubert einen auffordernden Blick zu.

Flaubert nickte träge. Tief seufzend standen beide auf und schoben ihre Sessel zur Seite. In aller Ruhe klopften sie ihre Kleidung ab und zogen sie ordentlich zurecht.

„Darf ich bitten?", fragte Mac Lane lächelnd und deutete eine Verbeugung an.

„Aber mit dem größten Vergnügen, mein Teuerster", sagte Flaubert lächelnd und erwiderte Mac Lanes Verbeugung.

Beide Parteien standen sich lächelnd gegenüber und taxierten sich in aller Ruhe. Nur ihre Augen bewegten sich. Sie huschten über die Gegner und versuchten Schwächen oder Stärken zu erkennen.

Plötzlich ertönte wieder Musik. Lambada.

Kuro sah Gunther fragend an. Gunther sah ihn ebenso ratlos an.

Auch Mac Lane und Flaubert sahen einander verwirrt an. Flaubert beugte sich ein Stückchen vor, um an Mac Lane vorbeischauen zu können. Mac Lane sah sich nach links um.

Auch Kuro und Gunther führten synchron die gleichen Bewegungen aus. Wie im Duett.

Die Musik kam aus der alten Jukebox, an der Rückseite des VIP-Bereiches. Neben ihr stand Angus. Grinsend zuckte er mit den Schultern. „Ich dachte ihr hättet vielleicht gerne etwas Musik, Jungs. Tut mir leid, aber die Felder sind nicht mehr beschriftet."

„Aber ... Lambada?", fragte Mac Lane verdutzt.

Angus schüttelte amüsiert den Kopf. „Tja, Yumi steht auf den Song. Was soll man da machen? Und ihr wollt euch doch nicht mit Yumi anlegen, oder?"

Mac Lane und Flaubert schüttelten übereinstimmend den Kopf.

Angus drückte einen anderen Knopf. Die Musik stoppte. Man konnte hören, wie es in der alten Maschine arbeitete. „Braucht ihr Hilfe?", fragte Angus, lehnte sich entspannt an die Jukebox und verschränkte gelassen die Arme.

„Nein", sagte Mac Lane bestimmt. „Danke."

„Nicht nötig", fügte Flaubert zuversichtlich hinzu.

Die Jukebox hatte den neuen Titel geladen. Ein schneller, lauter Metalsong dröhnte aus der Maschine.

Mac Lane und Flaubert wirkten äußerlich sehr gelassen, doch innerlich hatte der Kampf schon begonnen. Ihr Blut war in Wallung und speiste ihre vampirischen Kräfte: die Stärke eines Grizzlys und die Schnelligkeit von Gewehrkugeln.

Mac Lane und Flaubert sahen sich ein letztes Mal an, dann nickten sie kaum merklich und der Kampf hatte begonnen.

Blitzschnell hatten beide ihren Sesseln einen kräftigen Tritt unter die Sitzfläche verpasst, sodass diese in die Luft geschleudert wurden. Mit einem schnellen, zweiten Tritt schickten sie die improvisierten Wurfwaffen auf ihre Reise, direkt auf die zwei Engel zu.

Prächtige Schwerter, die Klingen von lodernden Flammen umspielt, waren in den Händen der Engel erschienen. Mit einem einzigen kraftvollen Streich dieser Waffen, hatten Kuro und Gunther die Möbelstücke nur Zentimeter vor deren Einschlag abgefangen. Die Trümmer der Sessel stürzten laut rumpelnd zu Boden. Kuro und Gunther grinsten selbstgefällig, in der Annahme, diesen ersten, erbärmlichen, Angriff mühelos abgewehrt zu haben. Eine fatale Fehleinschätzung.

Mac Lane und Flaubert hatten keine Zeit verloren und waren den fliegenden Möbelstücken in deren Deckung gefolgt.

Kuros Grinsen verwandelte sich schnell in eine entsetzte Grimasse, als Mac Lane ihn aus vollem Anlauf heraus mit der Schulter rammte, so als wollte er eine verschlossene Tür aufbrechen. Unfähig die Attacke noch zu parieren oder ihr auszuweichen, flog Kuro durch die Luft und schlug in der Wand ein, wie eine riesige Abrissbirne. Eine Wolke aus Staub und Schutt begrub den Engel unter sich.

Gunther hatte fassungslos mit angesehen, was mit Kuro passiert war. In Erwartung eines gleichen Angriffs, riss er sein Schwert hoch und hielt es ausgestreckt vor sich, sodass Flaubert genau hineinrasen musste. Doch Flaubert war nicht zu sehen. Panisch riss Gunther den Kopf in den Nacken.

Flaubert war einen Moment später als Mac Lane gestartet und hatte sich auf halber Strecke vom Boden abgestoßen, in die Luft. In hohem Bogen sauste er auf den Engel zu.

Gunther versuchte verzweifelt im letzten Moment seine Waffe hochzureißen, hatte aber keinen Erfolg. Flaubert schlug mit beiden Fäusten zu. Die Hiebe trafen den Engel mit voller Wucht im Gesicht, wie Vorschlaghammer. Ein unangenehm klingendes Knacken verriet Flaubert, dass er seinem Gegner die Nase oder den Kiefer gebrochen hatte - mit etwas Glück vielleicht sogar beides. Gunther ging blutend und bewusstlos zu Boden.

„Schlagen mir wieder die ganze Einrichtung zu Kleinholz", murmelte Angus vor sich hin, konnte sich aber ein breites Grinsen nicht verkneifen.

„Meiner ist weiter geflogen", verkündete Mac Lane lächelnd und sah zu Flaubert hinüber, der über seinem bewusstlosen Gegner stand.

„Dafür hab' ich meinem was gebrochen. Pass lieber auf, es ist noch nicht vorbei", sagte Flaubert.

Er hatte es kaum ausgesprochen, da schoss Kuro wie

eine Rakete aus der Wolke von Dunst und Trümmern hervor, auf Mac Lane zu.

Mac Lane konnte nicht mehr ausweichen, wurde von Kuro gerammt und im Flug mitgerissen. Einige Meter weiter ließ Kuro ihn los und Mac Lane flog weiter rückwärts durch die Luft. Einen knappen Meter neben Angus schlug er in die Wand ein.

Kuro war ihm direkt gefolgt und hatte Mac Lane ungebremst ein Stückchen tiefer in die Wand gerammt, gerade als der sich aus den Trümmern gewühlt hatte. Kuro hatte die Hände fest um Mac Lanes Hals gelegt und ihn wieder aus dem Loch hervorgezerrt. Mac Lane hatte währenddessen seine Hände um den Hals des Engels gelegt und begonnen ihn zu würgen.

„Und du willst immer noch keine Hilfe?", fragte Angus ruhig und beobachtete die Kämpfenden gelassen.

„Nein. Alles ... bestens. Danke", röchelte Mac Lane. „Ich hab' s ... doch eben erst ... meinem Partner erklärt. Vampire atmen ... nicht." Mac Lane röchelte. Zum Sprechen brauchte er doch Luft. Er drückte die Kehle des Engels so fest er konnte zu und musste nicht lange warten.

Als die Information ihren Weg in Kuros Gehirn gefunden hatte, wurde ihm klar, dass er dieses Duell nicht gewinnen konnte. Nun versuchte er Mac Lane mit aller Kraft loszuwerden. Mac Lane jedoch hielt Kuros Hals fest im Griff, wie in einem Schraubstock.

Kuros Augen begannen zu leuchten. Gleißendes Licht, das so hell war, dass Mac Lane unweigerlich die Augen zusammenkneifen musste, strahlte ihm ins Gesicht.

Doch Mac Lanes Griff lockerte sich nicht.

Das Licht erlosch genauso schnell wieder, wie es gekommen war und Kuro starrte den Vampir entsetzt an. „Das ... kann nicht ... sein", röchelte er und seine Knie wurden langsam weich. „Das kann ... nicht sein. Du kannst nicht ... "

Flaubert hatte Kuro und Mac Lane kurz hinterher gesehen, als sie an ihm vorbeigerauscht kamen, sich dann aber wieder seinem eigenen Gegner gewidmet. Er konnte sich im letzten Moment nach hinten wegbiegen.

Gunther war wieder zu sich gekommen. Er hatte ohne Warnung sein Schwert gerade nach oben gestoßen und Flaubert, dank dessen Ausweichmanövers, nur knapp verfehlt.

Flaubert machte zwei schnelle Schritte rückwärts um sich fürs Erste außer Reichweite des Gegners zu bringen. Er wollte in der Zwischenzeit schon einmal versuchen, das Döschen einzustecken und spurtete hinüber zum Tisch.

Das Döschen lag noch unverändert vor der schlafenden Misato auf dem Tisch.

Gerade, als er den Tisch erreicht hatte und die Hand nach dem Döschen ausstreckte, wurde er von Gunther festgehalten.

Gunthers Nase war tatsächlich gebrochen und blutete heftig. Er hatte schnell zu Flaubert aufgeholt und ihn im letzten Moment am Handgelenk gepackt. „Na, was machen wir denn da?", fragte er und hob tadelnd den Zeigefinger.

„Was machen wir denn da?", äffte Flaubert Gunther mit quäkender Stimme nach. „Kuchen backen, Arschloch!", sagte Flaubert und drehte seine Hand so geschickt, dass er nun Gunthers Handgelenk zu fassen bekam. Mit einem kräftigen, brutalen Ruck verdrehte er den Arm des Engels nach außen. Erneut war ein schauriges Knacken zu hören und Gunther schrie vor Schmerz. Das Letzte was Flaubert sah, war Gunthers gebrochene Elle, die sich durch das Fleisch und die Haut seines Unterarms gebohrt hatte und nun daraus hervorragte. Dann wurde es schlagartig blendend hell und Flaubert musste seine Augen abwenden.

Eine Faust traf Flaubert unerwartet und hart am Kinn.

Die Wucht des Schlags warf ihn einige Meter zurück.

Auf dem Rücken liegend blinzelte er in Richtung Tisch. Als das Licht langsam schwächer wurde und Flaubert allmählich wieder etwas sehen konnte, erspähte er etwas, das ihn schmunzeln ließ. Ein Feuerlöscher. „Du kommst mir wie gerufen", sagte er und nahm den Feuerlöscher aus der Verankerung an der Wand.

Gunther hatte unterdessen das Schmuckdöschen aufgehoben und betrachtete es in seiner Hand. Ein siegessicheres Grinsen zog sich über sein Gesicht. „Endlich! Endlich bist du mein! Ruhm und Ehre wird mir ... Was zum? ... Gwml ... ", rief Gunther verstört, als Flaubert plötzlich vor ihm stand und ihm eine große Ladung Löschschaum ins Gesicht spritzte. Er taumelte rückwärts und versuchte hektisch sich den Schaum aus dem Gesicht zu wischen, als ihn der Feuerlöscher scheppernd am Kinn traf. Gunther stöhnte laut. Noch ehe er sich den Löschschaum aus dem Gesicht wischen konnte, versetzte ihm Flaubert einen weiteren, so starken Schlag mit dem Boden des Feuerlöschers ins Gesicht, dass Gunther blutüberströmt umkippte und reglos liegen blieben.

„Ruhm und Ehre - am Arsch!", sagte Flaubert. „Das hättest du wohl gerne." Flaubert umfasste den Körper des Feuerlöschers mit beiden Händen und hob ihn hoch über den Kopf. Mit einem wütenden Schrei ließ er das schwere Gerät niedersausen und hämmerte es dem Engel ins Genick. Es knackte. Es knirschte. Gebrochen.

Zwei Schüsse hallten durch den Raum und Flaubert wirbelte herum.

Mit starrem Gesichtsausdruck stand Mac Lane neben dem am Boden liegenden Kuro. Die Mündung der Waffe in seiner Hand rauchte.

Flaubert bückte sich und nahm dem toten Gunther das Schmuckdöschen aus der Hand. Zufrieden betrachtete er es einen Moment lang. Er lächelte. Sie hatten es endlich geschafft. Mit dem Döschen in der Hand ging er hinüber zu Mac Lane. Flaubert trat neben den Leichnam des Engels und blickte auf ihn herab.

„Eine in den Kopf", sagte Mac Lane.

„Eine ins Herz", ergänzte Flaubert.

Die Flügel der toten Engel wurden zuerst matt und durchscheinend, dann verschwanden sie ganz. Die feinen, weißen Anzüge der Engel verwandelten sich zurück und auch das blonde Haar verlor seinen güldenen Glanz und wich dem ehemals dunklen Haar.

Dunkle Schemen lösten sich von ihren Leichen. Alptraumhafte Fratzen aus lila-schwarzen Schatten. Wehklagend zuckten sie langsam gen Decke und verschwanden schließlich.

„Die haben sich verzogen", sagte Flaubert trocken.

„Ja. Wundert 's dich?", meinte Mac Lane.

„Engel – pah!" Flaubert schüttelte den Kopf. „Völlig überbewertet!"

„Also wirklich, Jungs", sagte Angus. „Seht euch mal an was ihr aus der Bar gemacht habt."

„Keine Sorge, Blake wird dir den Schaden schon ersetzen", sagte Mac Lane und grinste.

„Nein, Junge", sagte Angus und lachte. „Ich denke, es tut euch bestimmt gut, wenn ihr das selbst erledigt. Wie zwei brave, kleine Handwerker. Verstanden?"

Flaubert und Mac Lane sahen einander missmutig an. Sie waren zwar gut darin Dinge zu Kleinholz zu schlagen und auch mit Eifer dabei, aber für Aufräumarbeiten hatten sie nun gar nichts übrig.

„Naja, wenigstens haben wir endlich den verdammten Schlüssel", seufzte Flaubert und hielt Mac Lane das Schmuckdöschen hin.

Eine riesige, glühend rote Feuerlanze schoss aus heiterem Himmel zwischen Mac Lane und Flaubert hindurch. Beide wandten sich schlagartig ab und hielten die Hände vors Gesicht. Flaubert ließ das Schmuckdöschen fallen und es schlug klappernd auf dem Boden auf und rollte ein gutes Stückchen von ihnen weg.

Auch Angus hatte den Arm vor sein Gesicht gehoben und fluchte vor sich hin.

Flaubert und Mac Lane wussten, wem sie den Feuerstoß zu verdanken hatten. Drei in schwarze Kutten gehüllte Gestalten waren in einiger Entfernung erschienen.

„Wer sind die denn?", wollte Angus wissen und funkelte Mac Lane und Flaubert zornig an. Ohne eine Antwort abzuwarten verschwand er im Verbindungsgang.

Mac Lane hatte unterdessen eine zweite Waffe unter dem Mantel hervorgezogen und beide Waffen auf die Gestalten gerichtet.

Flaubert deutete auf einen Punkt am Boden. Das Döschen war weggerollt und erst auf halbem Weg zwischen den beiden Parteien liegengeblieben. „Jeder einen", sagte Flaubert.

„Nein, wir nehmen sie uns zusammen vor, jeden einzeln. So … ", erwiderte Mac Lane, brachte den Rest des Satzes aber nicht mehr heraus.

Eine massive Metallstange war wie ein Speer zwischen ihnen hindurch vorbeigeflogen. Die Stange, ehemals Teil des Handlaufs der Treseneinfassung, traf eine der Kreaturen mit voller Wucht im Gesicht. Die Kraft war so enorm gewesen, dass sie die Gestalt mit sich gerissen hatte und auf der anderen Seite ihres Schädels wieder ausgetreten war. Die Stange samt der Gestalt bohrte sich noch in die rückwärtige Wand und blieb stecken.

Violettes Blut strömte aus der Wunde, rann den Körper

hinunter und tropfte zu Boden, wo es eine große Pfütze bildete. Die tote Kreatur baumelte leblos von der Stange, wie eine zum Zerlegen aufgehängte Schweinehälfte.

„Niemand zerlegt meine Bar", rief Angus wütend, der neben der Theke stand. In seinen Händen hielt er den Rest des Metallgestänges bereit. „Mistviecher", zischte er, holte aus und warf erneut.

Die zwei übrigen Gestalten sahen einander panisch an und wollten dann loslaufen, kamen aber nicht mehr weit.

Die geworfene Stange traf eine der Gestalten auf Höhe der Brust und riss sie zu Boden. Um die andere kümmerte sich Angus selbst.

Angus war dem Wurfgeschoss mit unfassbarer Geschwindigkeit gefolgt. Knapp vor einer der Gestalten sprang er ab und schoss mit gestrecktem Bein auf ihren Kopf zu. Sein Tritt traf sie mitten im Gesicht. Das Geräusch zahlreicher berstender Knochen hallte wie Silvesterböller durch den Raum, als Angus und das Wesen auf die Wand zurasten. Als ihn der Tritt an der Wand zerquetschte, platzte der Schädel wie eine Wassermelone. Die Kraft des Tritts war so gewaltig gewesen, dass Angus' Bein bis zum Knie in die Wand eindrang und dort stecken blieb. „Verfluchte Scheiße. Jungs! Helft mir mal! Ich will die Wand nicht zerlegen."

Mac Lane und Flaubert waren noch so perplex, dass sie nur dastehen und ihn anstarren konnten. Da er sie trainierte hatte, waren sie zwar davon ausgegangen, dass er selbst ein großer Kämpfer war, gesehen hatten sie es aber nie.

Während sie einen Moment brauchten um sich zu sammeln, nutzte die dritte Gestalt die Gunst der Stunde. Sie war nicht – wie eigentlich von Angus geplant – tödlich verwundet worden, sondern nur verletzt. Die Stange hatte sich durch ihre Brust gebohrt und sie blutete stark. Quiekend vor Schmerz zog die Gestalt die Stange aus der Wunde.

„Jungs!" rief Angus wieder.

„Unterwegs!", riefen Mac Lane und Flaubert und kamen Angus zu Hilfe.

„Vorsichtig Jungs, ich bin ein alter Mann", sagte Angus. Er hatte Mühe sich ein Lachen zu verkneifen.

„Rüstige Rentner, ich verstehe", sagte Flaubert.

Sie hatten Angus gerade aus seiner misslichen Lage befreit, als Flaubert aus dem Augenwinkel wahrnahm, wie die verwundete Gestalt die Eingangstür erreicht und geöffnet hatte. „Sie hat sich das Döschen geschnappt!", schrie Flaubert in dem Moment, als die Eingangstür hinter ihr ins Schloss fiel.

Das Ding war draußen.

Mac Lane und Flaubert sahen sich stumm an.

„Worauf zur Hölle wartet ihr? Neujahr? Hinterher!", rief Angus.

Die beiden liefen los. Warum das Ding nicht einfach wieder verschwunden war, wussten sie nicht. Vielleicht war es zu schwer verletzt. Es spielte auch keine Rolle, solange sie noch eine Chance hatten es einzuholen.

„Pass' auf das Mädchen auf", rief Mac Lane Angus über die Schulter zu.

„Was denkst du denn?", rief Angus ihnen hinterher.

12

Flaubert riss die Tür auf und stürmte, gefolgt von Mac Lane, auf die Straße. Es regnete in Strömen. Die Türsteher und die Menschen in der Schlange schliefen.

Flaubert und Mac Lane sahen sich um. Irgendwo musste das Ding geblieben sein. Aus dem Augenwinkel heraus hatte Mac Lane eine Bewegung wahrgenommen. Ein huschender Schatten war um die Ecke in eine Seitengasse verschwunden. Er rempelte Flaubert an und deutete auf die Gasse. „Da drüben!" Beide folgten dem Ding in die Seitengasse.

„Was glaubst du, wo es hin ist?", fragte Flaubert und blinzelte durch den Regen in die leere Sackgasse.

„Keine Ahnung", sagte Mac Lane und versucht durch die dichten Regenschwaden hindurch etwas zu erkennen. „Da!", rief er schließlich und deutete mit ausgestrecktem Finger auf einen offenstehenden Gullydeckel.

Flaubert kniff die Augen eng zusammen und starrte auf den Punkt in der Gasse, auf den Mac Lane gedeutet hatte. „Wie kannst du das sehen?", fragte er beeindruckt.

Mac Lane zuckte mit den Schultern und sagte lächelnd: „Frag Angus." Er rannte los.

„Angus?", fragte Flaubert verwirrt, ehe er Mac Lane folgte.

Am Gully angekommen ging Flaubert neben ihm in die Knie und starrte in den offenen Schacht. "Da geh' ich nicht runter!", stellte er entschlossen fest.

Mac Lane schüttelte den Kopf und gab seinem Partner einen beherzten Schubs nach vorne.

„Mac Laaaaaane!" Flaubert fiel – fluchend - kopfüber in den Schacht und verschwand in der Dunkelheit der Kanalisation. Wasser spritze aus dem Gully empor.

Mac Lane seufzte. Das ihm Flaubert auch nie eine andere Wahl ließ. Langsam stieg er die schmale Leiter in den Schacht hinab und kam schließlich neben Flaubert an.

Flaubert saß in der Mitte des Wasserlaufes und sah Mac Lane im schummrigen Licht der Kanalisationsbeleuchtung grimmig und mit zuckendem Augenlid an. Er war völlig durchnässt. "Mein Mantel stinkt nach Rattenpisse!"

Mac Lane sah ihn gleichgültig an. "Selbst schuld. Was kaufst du auch immer No-Name Produkte."

Brummend fischte Flaubert im trüben Wasser herum und zog schließlich die Trümmer seines Handys hervor. Es war ihm im freien Fall aus der Tasche gerutscht. „Auch das noch." Flaubert hielt Mac Lane die Einzelteile seines Handys hin.

Mac Lane gab einen brummenden Laut von sich, verdrehte die Augen und ging los, tiefer in die Kanalisation hinein.

Flaubert schnaubte wütend, dann warf er die Teile zurück ins Wasser. Er stand auf und folgte Mac Lane, der sich bereits weiter in die Kanalisation vorarbeitete. „Weißt du eigentlich, dass uns diese ganze Scheiße erst passiert, seit wir für Blake arbeiten und er uns in der Weltgeschichte herumschickt, wie es ihm gerade passt? Ich meine, nehmen wir mal diesen Vampirfilm mit diesem „Top Gun-Typen" - was für Probleme haben die? Unterschlupf und Nahrung. Ansonsten Feste feiern. Partys mit der High Society. Wann haben wir denn zuletzt mal eine anspruchsvolle Party in gehobener Gesellschaft gefeiert? Oder wann waren wir mal in der Oper? Ich meine … "

„Meine Fresse. Kommst du in die Pubertät oder was?", fragte Mac Lane ungehalten. „Du redest von einem Film, verdammt. Das hat nichts mit der Realität zu tun, verstanden?"

„Das musst du gerade sagen."

„Was soll das bitte wieder heißen?" Mac Lane blieb stehen und sah sich zu Flaubert um. Er hatte so eine Ahnung, was Flaubert meinte.

„Ich bitte dich, John", sagte Flaubert betont ruhig und freundschaftlich.

„Lass das lieber bleiben", sagte Mac Lane ernst und kniff die Augen zusammen.

„John Mac Lane. War das nicht der Name von diesem Polizisten, der zu Weihnachten in diesem Turm … "

„Nein, war er nicht!", knirschte Mac Lane. „Zunächst einmal, werden die Namen anders geschrieben und ausgesprochen. Zweitens sehe ich diesem Weichei nicht einmal entfernt ähnlich. Verstanden?"

116

„Wie du meinst." Flaubert lächelte beschwichtigend. „Wohin gehen wir eigentlich gerade?"

„Dem da hinterher", sagte Mac Lane genervt.

„Wem da?"

„Na, dem da", sagte Mac Lane, blieb kurz stehen und deutete auf feine Spritzer violetten Blutes, die an Wänden und Boden zu sehen waren. „Siehst du?"

„Ach, dem da." Flaubert nickte verständig.

„Die Abstände zwischen den Tropfen werden kürzer. Ich glaube, es macht langsam schlapp."

„Das hoffe ich doch. Umso schneller können wir hier wieder raus."

Der recht enge Tunnel, dem Mac Lane und Flaubert bisher gefolgt waren, mündete nach einer Weile in einem kleinen, runden Raum. Insgesamt fünf Tunnel zweigten von hier aus ab. Die beiden Männer blieben stehen. Nachdenklich blickten sie der Reihe nach die verschiedenen Tunnel an.

„Welchen nehmen wir?" fragte Flaubert.

„Den da", sagte Mac Lane und deutete auf einen Tunnel, der schräg links von ihnen abzweigte. „Ich glaube, das da sind Blutstropfen."

Flaubert nickte zustimmend. Mac Lane brauchte nicht zu wissen, dass er eigentlich nicht das Geringste erkannt hatte. Flaubert war davon überzeugt, dass Mac Lane sie schon sicher ans Ziel bringen würde und folgte ihm. „Igitt", brummte er mürrisch und betrachtete die dunklen Wassermassen.

Nach einigen Minuten hielt Mac Lane abrupt an und lauschte angestrengt in die Tiefen des Tunnels.

„Was ist los?", fragte Flaubert und blickte sich in regelmäßigen Abständen um.

„Schhh!", zischte Mac Lane und legte den Zeigefinger über die gespitzten Lippen. „Ruhig. Ich glaube, da ist etwas." Er starrte mit zusammengekniffenen Augen den

117

Tunnel entlang. Der Griff um seine Waffe wurde fester. „Runter!", schrie Mac Lane, drehte sich hastig um und betätigte mehrmals den Abzug.

Kugeln fegten knapp über Flaubert hinweg. Er hatte sich auf das Kommando hin einfach fallen lassen.

Volltreffer.

Die Gestalt in der Kutte brach zusammen und rührte sich nicht mehr. Ein gutes Dutzend Kugeln hatte sie regelrecht durchsiebt.

Flaubert richtete sich wieder auf. Wutschnaubend versetzte er dem Kadaver einen heftigen Tritt, dann glitt sein Blick prüfend über seinen Mantel. „Da", sagte er ungehalten. „Schon wieder Blutspritzer auf meinem Mantel." Er zog ein Taschentuch aus der Innentasche des Mantels, befeuchtete es mit Speichel und versuchte die Flecken herauszubekommen. „Ständig versaut mir irgendwer meine Klamotten. Ununterbrochen schießt man auf mich, prügelt auf mich ein oder irgendwelche Freaks fallen aus dem Himmel und wollen mir ans Leben. Das hört jetzt auf! Ich hab' die Schnauze voll! Ich hab' keinen Bock mehr! Sag Blake, ich kündige und er soll mir meine Post nachschicken, an die Adresse, die ich ihm nicht sagen werde, damit er mich nicht findet! Klar?"

„Klar", sagte Mac Lane lächelnd, als er sich bückte und die Leiche untersuchte. Es war die Kreatur, der sie gefolgt waren. Die klaffende Wunde in der Brust war der eindeutige Beweis. „Es ist vorbei", sagte Mac Lane zufrieden und zog etwas aus der Tasche der Gestalt. Das Schmuckdöschen. Triumphierend hielt er es Flaubert unter die Nase.

„Na endlich", seufzte der erleichtert.

„Zumindest, beinahe", sagte Mac Lane grinsend und richtete sich wieder auf.

„Was heißt das denn nun wieder?" Flauberts Laune fuhr Achterbahn.

„Ich habe da noch etwas anderes gehört. Von weiter hinten im Tunnel. Wenn wir schon hier sind, sollten wir mal nachsehen. Na komm schon, wird bestimmt lustig." Mac Lane lachte leise und ging, mit einem aufgeregten Funkeln in den Augen, an Flaubert vorbei.

„Lustig?", fauchte Flaubert zornig. „Mac Lane! Bleib hier! Wir haben den verfluchten Schlüssel endlich in Händen und du willst riskieren ihn gleich wieder zu verlieren?"

„Ja. Das wird sicher ein irrer Spaß."

„Junge, ich sag dir gleich, wer hier irre ist ", presste Flaubert zwischen den Zähnen hindurch. „Mac Lane! Mac Lane, komm zurück! Gib mir den Schlüssel, Mac Lane! Mac Lane! Stehen bleiben!", rief Flaubert und hastete Mac Lane hinterher.

„Halt die Klappe, du Memme und komm!", rief Mac Lane zurück.

„Das könnte dir so passen, mich wieder in irgendwelche Scheiße mit reinzuziehen und dann lachst du mich wieder aus. Von wegen! Vergiss es! Keine Chance! Ich werde genau hier warten!"

„Schön", sagte Mac Lane. „Ich wünsche dir viel Spaß mit den Ratten hier unten."

„Ratten?", fragte Flaubert nervös. Er hatte in all der Aufregung die Ratten in der Kanalisation ganz vergessen. Ratten konnte er auf den Tod nicht ausstehen. Flaubert warf einen unsicheren, leicht verstörten Blick über die Schulter. Ein Schatten huschte an der Wand vorbei und er zuckte zusammen. „Warte doch mal, Mac Lane! Du hast das falsch verstanden! Natürlich komme ich mit! Nicht so schnell, Mac Lane! Warte doch mal!"

„Kennst du eigentlich die Geschichte von der Ratte, die nachts in das Kinderzimmer geschlichen kam? Ist in das Kinderbettchen geklettert und hat dem Baby ein Ohr abgenagt. Das war hier in unserer Stadt", erzählte Mac Lane schmunzelnd.

„Hörst du jetzt auf mit dem Mist? Sag mir lieber, was du glaubst hier unten gehört zu haben, du Irrer!"

„Gesang. Tiefen, kehligen Gesang. Klang fast so, als ob Mönche Psalme rezitierten. Und ich bin nicht irre."

„Mönche? In der Kanalisation?", fragte Flaubert ehrlich überrascht.

„Darum gehen wir ja nachsehen."

„Engel, Killerratten und jetzt auch noch Kanalisationsmönche. Das wird wirklich immer besser und besser."

Der Singsang war mittlerweile so deutlich zu hören, dass selbst Flaubert nicht mehr abstreiten konnte etwas zu hören. Neben einem breiten Spalt in der Wand des Tunnels hielten sie an. Der Spalt war grob in das Mauerwerk des Schachts gerissen worden und knapp nach der Öffnung fiel er nach hinten ab. Der Gesang kam eindeutig von hier.

Mac Lane setzte den ersten Fuß durch den Spalt und winkte Flaubert ihm zu folgen.

Flaubert schüttelte den Kopf und seine Lippen formten stumm das Wort „Nein". Er tippte sich schnell mit dem Finger an die Schläfe und seine Lippen fügten stumm hinzu: „Du kannst mich!"

Mac Lane zuckte mit den Schultern und verschwand lächelnd im Spalt.

Flaubert starrte Mac Lane wütend hinterher und wollte gerade etwas rufen, als in einiger Entfernung von ihm plötzlich etwas quiekte. Flaubert riss vor Schreck die Augen weit auf und drehte den Kopf blitzschnell in die Richtung, aus der das Quieken gekommen war.

Eine Ratte. Sie saß in einigen Metern Entfernung von ihm auf den Hinterläufen und ihre Nase schnüffelte neugierig in seine Richtung.

Flaubert verzog panisch das Gesicht, dann schlug er die Hand vor den Mund, um sich selbst am Schreien zu hindern. Eilig stolperte auch er durch den Spalt und folgte

Mac Lane. Im Vergleich zu der Ratte das kleinere Übel.

Der flackernde Schein von Feuer hatte nach wenigen Schritten begonnen über die groben Wände des Tunnels zu huschen. Mit jedem Schritt weiter wurde es heller und auch der Gesang wurde klarer und deutlicher zu vernehmen. Zwar verstanden beide kein Wort, aber es klang nicht gut. Ganz und gar nicht gut.

Der Tunnel endete auf einem kleinen Plateau. Unterhalb, in etwa zehn Metern Tiefe, lag ein runder Raum. Ein schmaler Pfad führte von dem Plateau hinab.

Mac Lane und Flaubert legten sich auf den Bauch und schoben sich das letzte Stück vorsichtig näher an den Rand.

In der Mitte des Raumes - der ein Teil des alten Abwassersystems gewesen sein musste - befand sich ein mächtiges Loch. Wie tief es war konnten sie nicht sagen, da man selbst vom Plateau aus den Boden nicht sehen konnte. Seinen Durchmesser aber schätzte Mac Lane auf gut zwölf Meter. Ein Tridekagramm war um den Rand der Grube in den Boden gemeißelt worden, sodass die Grube im Zentrum lag. Eine rote Flüssigkeit – bei der Mac Lane jede Wette eingegangen wäre, dass es sich um Blut handelte – füllte die kleinen Kanäle.

Gut zwei Dutzend der Gestalten in Kutten standen, in ihren Singsang vertieft, um den Rand verteilt.

„Ist es das, was ich glaube, dass es ist?", fragte Flaubert besorgt.

„Ja", hauchte Mac Lane ernst. „Eine Beschwörung. Ein dreizehnstrahliger Stern noch dazu. Das wird übel." Mac Lane sah Flaubert ernst an, dann, urplötzlich, schlug der Ernst in Begeisterung um. Mac Lane zog seine Waffe in den Anschlag.

„Was hast du vor?", fragte Flaubert entsetzt.

„Ich glaube wir sollten das da aufhalten, solange wir noch können."

Unterdessen hatten zwei der Gestalten ihren Singsang unterbrochen und waren vom Rand zurückgetreten. „*Ein weiteres Opfer und es ist endlich vollendet*", verkündete eine der Gestalten stolz.

Ein tiefes, dumpfes Grollen ertönte aus den Tiefen der Grube und ließ die Wände erzittern.

Flaubert war plötzlich mit einem spitzen Schrei aufgesprungen und hatte seine Waffe gezogen.

Im ersten Moment hatte Mac Lane noch voller Bewunderung gedacht, Flaubert würde sich todesmutig ins Gefecht stürzen. Im zweiten Moment – nicht.

„Iiiiih!", schrie Flaubert. Wie von Sinnen hatte er sein ganzes Magazin in eine freche, kleine Ratte entleert, die es gewagt hatte, sich heranzuschleichen und an seinem Mantel zu schnüffeln. „Stirb! Stirb! Stirb! Pestilenz verbreitendes, flohbehangenes, Zecken-Mutterschiff! Stirb!"

„Toll gemacht!", schrie Mac Lane und sprang auf. Er zielte kurz und schoss. Ein Kopfschuss. Eine der Gestalten am Rand der Grube geriet ins Wanken. Ein zweiter Kopfschuss und eine zweite Gestalt wankte und stürzte in das Loch.

Schlagartig war es totenstill.

Niemand bewegte sich. Auch Flaubert und Mac Lane standen nur reglos da. Das tiefe, dumpfe Grollen drang wieder aus den Abgründen der Grube.

Lauter.

Wütender.

Tödlicher.

Eine riesenhafte, feuerrote Klaue, an einem ungelenk wirkenden Arm, stieß aus der Grube empor. Sie fuhr auf zwei der Gestalten in Kutten hernieder, zerquetschte ihre Leiber mühelos und zerrte sie in die Grube. Zufriedenes, genüssliches Schmatzen ertönte. Keine Sekunde später schnellte eine zweite Klaue aus der Tiefe hervor. Mit einer fegenden Bewegung packte sie drei oder vier der Gestalten und zog die zappelnden, flehenden Happen in die Grube.

„Ich glaube, du hast Mist gebaut", sagte Flaubert und sah Mac Lane entsetzt an.

„Ich?", fauchte Mac Lane empört. „Raus hier!"

Flaubert und Mac Lane rasten den Tunnel zum Spalt empor. Hinter ihnen hatte die Decke begonnen wegzubrechen. Krachend landeten Stücke auf dem Boden. Eilig zwängten sich die beiden durch den Spalt, in die Kanalisation.

„Lauf!", schrie Flaubert und sprintete los in Richtung des nächsten Ausstiegs.

Mac Lane warf einen letzten Blick durch den Spalt.

Durch den aufgewirbelten Staub der herabstürzenden Trümmer sah er, wie sich etwas enorm Großes aufbäumte und aus vollem Hals grölte. Die Kreatur wuchs noch immer.

Mac Lane rannte los. Er hatte Flaubert schnell eingeholt, der bereits die halbe Strecke zur Oberfläche hinter sich gelassen hatte.

Flaubert schleuderte den Gullydeckel zur Seite und hechtete auf die Straße. Mac Lane folgte ihm nur Sekunden später. Als könnte er das Ding damit dort unten einschließen, schob Flaubert den Gullydeckel wieder auf den Schacht.

Die Erde begann zu beben.

Autoalarmanlagen gingen los.

Mac Lane und Flaubert sahen einander an. „Nicht gut!", murmelte Flaubert und beide entfernten sich langsam rückwärts vom Gully.

Ein Teil der Straße sackte zusammen und das tiefe Grollen war wieder zu hören. Gasleitungen rissen und fingen Feuer. Staub, Trümmer, Qualm und brennende Autos behinderten allmählich die Sicht. Die Erde bebte noch immer, als die Umrisse von etwas wahrhaft Gigantischem durch den Dunst zu sehen waren.

Das Ding war frei. Es verharrte einen Moment um sich zu orientieren, dann stapfte es in Richtung Innenstadt davon. Sein monströser Schrei zerriss die Nacht.

„Blake bringt uns um", sagte Flaubert und starrte der Kreatur fassungslos hinterher. „*Dieses Mal* bringt er uns *wirklich* um!"

„Du erklärst es ihm", sagte Mac Lane fassungslos.

Flaubert sah Mac Lane mit versteinerter Miene an.

„Andererseits", sagte Mac Lane zuversichtlich. „Wer sagt denn, dass er erfahren muss, dass *wir* das waren?"

Ein sachtes Grinsen breitete sich auf Flauberts Gesicht aus. Er nickte. „Ja, genau." Er lächelte. Mac Lane und Flaubert standen nebeneinander und lachten los. Sie starrten dem Ding durch den Qualm hinterher in die Nacht.

13

Klatschend schlug beiden von hinten je eine Hand auf die Schultern und zog sie mit festem Griff an eine Brust.

Das Lachen der beiden verstummte schlagartig. Panik stand ihnen ins Gesicht geschrieben, als sie den Blick auf die schwarzen, mit getrocknetem Blut verkrusteten Handschuhe auf ihren Schultern senkten.

„Was soll ich nur mit euch machen?", fragte Blake in gelassenem Ton und starrte mit ihnen zusammen der Kreatur hinterher. „Das wird teuer, Jungs. Richtig teuer."

Kapitel 7

One night in Tokyo

1

Blake stand neben dem riesigen feuerroten Kadaver der gigantischen Bestie, die noch kurz zuvor eine Schneise der Verwüstung hinter sich gelassen hatte. Der Kadaver war noch glühend heiß und dampfte in der kühlen Luft. Betrachtete man den Kadaver genauer, sah es so aus, als wäre die Kreatur von innen heraus verbrannt und geplatzt.

2

Blut floss Blakes linken Arm hinab. Es tropfte im Sekundentakt von der Spitze seines Handschuhs zu Boden. Sein Blick schweifte mit kalter Gelassenheit über den Kadaver. Er zog an dem Zigarillo, der ihm im linken Mundwinkel klemmte. „Du kommst spät", sagte Blake und nahm den Zigarillo aus dem Mundwinkel ohne sich von dem Kadaver abzuwenden.

Paladin war hinter ihn getreten und schüttelte den Kopf. Sie brummte missmutig. Als ihr Blick Blakes blutenden Arm streifte, blieb er dort hängen. „Hat dich das Ding so zugerichtet?", fragte sie besorgt.

„Nein", antwortete Blake knapp und schmunzelte. „Michael."

„So?" Paladin trat neben Blake. Eine Weile standen beide einfach schweigend da. Einzelne Regentropfen fielen vom Himmel und in der Ferne waren Sirenen und das tiefe Grollen des Donners zu hören. Ein neues Gewitter zog heran.

„Was ist passiert?", fragte Paladin schließlich.

„Ich habe Michael unterschätzt", gestand Blake schließlich widerwillig. Der Zigarillo zucke nach links und rechts.

Paladin lachte leise. „Da hältst du immer diese Vorträge über *sein* arrogantes Auftreten und dann das."

Blake hob den Blick und sah Paladin verärgert an. „Und?", fragte er. „Was gibt es Neues?"

„Wir konnten die Gruppe im Sägewerk erledigen, aber wir haben dabei neun Leute verloren", sagte Paladin betroffen. „Vier von ihnen waren beinahe noch Welpen."

„Ich hätte mich deutlicher ausdrücken sollen", sagte Blake kalt und blies Rauch aus. „Was gibt es *wichtiges* Neues?" Er sah Paladin mit seinen eisblauen Augen durchdringend an.

Von einer Sekunde auf die andere hatte Paladin sich verwandelt. In ihrer Mischgestalt maß die Bastet mehr als zwei Meter. Sie war faszinierend schön, diese Mischung aus Mensch und Panther - elegant und kräftig zugleich, doch vor allem imposant und angsteinflößend.

Paladin wusste nicht, ob sie wirklich zu schnell für Blake gewesen war oder ob er sich nur einfach nicht gewehrt hatte, als sie ihn packte. Etwas sagte ihr aber, dass es wohl eher Letzteres gewesen war. Rasend schnell hatte sie ihn an der Kehle gepackt und gegen einen nahen Laternenpfahl gedrückt. Die großen, gelben Augen funkelten ihn zornig an. Mit gekräuselten Lefzen knurrte sie: „Was fällt dir ein? Wie kannst du es wagen?" Sie bebte am ganzen Leib. Ihr langer Schwanz peitschte wütend hin und her. „Dir mögen diese Leben nichts bedeutet haben, aber *für mich* waren sie wie Kinder. Meine Kinder. Meine Familie! Ich *verbiete* dir ihr Andenken mit deiner Gleichgültigkeit zu beschmutzen!"

Blake antwortete nicht. Er sah ihr tief in die Augen. In seinem Gesicht rührte sich kein Muskel.

„Geschwächt wie du jetzt bist, könnte ich dich in der Luft zerreißen! Ohne Probleme!" Ihr Griff um seinen Hals wurde fester.

„Wahrscheinlich", sagte Blake trocken und führte seinen Zigarillo wieder zum Mund. Seine kalten Augen starrten sie noch immer emotionslos an.

Paladins lange, dunkle Klauen blitzten bedrohlich im matten Licht des Mondes, das spärlich durch die dichter werdenden Wolken fiel, als sie zum Schlag ausholte.

Nichts geschah.

Sie verharrte reglos in dieser Position und starrte ihn an. Sie suchte nach dem Funken Menschlichkeit in den Untiefen seiner kalten Augen. Dann ließ sie ihn los. Sie konnte es einfach nicht. „Hast du wenigstens den Schlüssel bekommen?", fragte sie matt und wandte sich von ihm ab.

„Ja", sagte Blake. „Beide Hälften. Sie sind im Tower."

„Und Michael?", fragte sie weiter und starrte in den finsterer werdenden Himmel.

„Geflohen, als es eng für ihn wurde", sagte Blake und schnaubte verächtlich.

„Wie immer", sagte Paladin.

Blake blickte an seinem blutenden Arm hinab. Er betrachtete ihn einige Sekunden lang, dann brummte er mürrisch. „Diese Wunde zu heilen wird einige Stunden dauern. Ich brauche etwas Ruhe … und Blut."

„Du gehst zurück zum Tower?", fragte Paladin.

„Für' s Erste."

„Ich begleite dich", sagte Paladin bestimmt. „Heute Nacht haben es mehr Leute auf deinen Kopf abgesehen als sonst und kämpfen … "

„Ich kann schon sehr gut selbst auf mich aufpassen, danke."

„Ja, das habe ich gesehen." Paladin knurrte leise. „Du kannst machen was du willst – aber ich komme mit!"

3

Erschöpft und sichtlich lustlos stapfte Flaubert die Stufen zu seiner Wohnung hinauf. Alles an ihm klebte, war nass und stank derart, dass er froh darüber war, nicht atmen zu müssen.

Vor seiner Wohnungstür hielt Flaubert kurz inne. Mit spitzen Fingern, darum bemüht die Schlüssel nicht zum Klimpern zu bringen, fischte er sie aus der Innentasche seines Mantels. Einen Moment lang betrachtete er die glänzenden Schlüssel in seiner Hand zufrieden. *Nur noch aufschließen,* dachte er. Flaubert wollte unter allen Umständen vermeiden, seine gutherzige, aber redselige, Nachbarin auf den Plan zu rufen.

Er setzte den Schlüssel an das Schloss und schob ihn behutsam in den Schließzylinder. Dann drehte er ihn und einer der anderen Schlüssel geriet ins Rutschen. Er glitt am Bund entlang und traf klirrend auf den Rest. Flaubert war auf der Stelle wie gelähmt. „Oh bitte, bitte, bitte …", flüsterte er und kniff ängstlich die Augen zusammen.

Die Tür der Nachbarwohnung wurde geöffnet.

Eine ältere Frau im Morgenmantel trat in den Türrahmen – Frau Matsuo. Die Lockenwickler in ihrem Haar wurden von einem sorgsam gespannten Haarnetz fixiert. „Sie kommen aber spät nach Hause", stellte sie besorgt fest, setzte ein großmütterliches Gesicht auf und schob sich die große Brille zurück auf die Nasenwurzel.

Es wäre zu schön gewesen.

Flaubert lächelte matt. „Ja, so ist das", sagte er und wollte es dabei belassen.

„Ja, ja", erwiderte Frau Matsuo und verschränkte die

Arme vor der Brust. „Regnet es noch so schlimm?", fragte sie und betrachtete Flauberts nassen Mantel.

„Nein, Frau Matsuo", erwiderte Flaubert. Er wusste, dass diese Unterredung noch nicht beendet war.

„Aber sie sind doch völlig durchnässt. Laufen sie etwa schon lange in diesen nassen Sachen herum?"

„Nein, ich …"

„Sie werden sich noch den Tod holen, mein Junge!"

„Das bezweifle ich stark", nuschelte Flaubert und nickte freundlich lächelnd.

„Was sagten sie?"

„Ach nichts, Frau Matsuo. Nur … der verdammte Regen."

„Es ist keine feine Art zu fluchen, Junge", tadelte Frau Matsuo und schüttelte missbilligend den Kopf. „Die Frauen mögen so etwas nicht. Frauen wollen …"

Flaubert kannte den Text dieser Oper und er war kein Fan von ihr. So beschränkte er sich auf stummes Nicken und ein gelegentliches Brummen, während er in Gedanken schon in seiner Badewanne lag. Er würde die gute Flasche französischen Weins öffnen und ein klassisches Konzert auflegen. Bei dem Gedanken an seine geliebten Mikrowellen-Makkaroni in Käsesoße entfuhr ihm ein wohliger Seufzer.

„Endlich verstehen Sie was ich meine", sagte Frau Matsuo, davon überzeugt, dass der Seufzer ihren Ausführungen gegolten hatte. „Es ist nicht gut für einen netten, jungen Mann wie Sie, ohne Frau zu leben! So allein."

„Ja, Frau Matsuo." Flaubert nickte. „Es ist schon ziemlich spät und ich muss auch endlich aus diesen nassen Klamotten raus." Eilig öffnete Flaubert die Tür und hastete ohne ein weiteres Wort in seine dunkle Wohnung. Er schlug die Tür hinter sich zu und seufzte. „Jedes Mal dieses Theater." Er schüttelte den Kopf.

4

Frau Matsuo war zwar sehr hilfsbereit und, dass konnte man nicht leugnen, irgendwie liebenswert, jedoch konnte sie stundenlang über alles reden, was ihr gerade durch den Kopf schoss. Die Erinnerung an ihre erste Begegnung stieg wieder in Flaubert empor. Mehr als drei Stunden hatte sie über alles geredet, was irgendwo, irgendwann wem-auch-immer in der Geschichte der Menschheit passiert war. Leider gehörte die alte Dame zu jener Sorte von Menschen, die selbst die deutlichsten *subtilen Hinweise* nicht verstehen wollten – oder konnten.

5

„Du bist einfach ein zu höflicher Mensch, Henry Flaubert", seufzte er.

Wie gewohnt tastete er mit der Linken nach dem Lichtschalter und legte ihn um. Nichts geschah. Flaubert stutzte. *Muss wohl eine Sicherung rausgeflogen sein,* vermutete er und zuckte mit den Schultern.

Er wandte sich nach rechts, um den Schlüsselbund in die kleine Messingschale auf dem Tischen neben der Tür zu legen. Er ließ den Schlüsselbund los und stutzte wieder. Statt des gewohnten metallenen Klimperns, ertönte ein dumpfes Geräusch von viel weiter unten. *Nanu?,* dachte Flaubert. *Daneben?* Etwas stimmte hier nicht.

Wie alle Vampire konnte auch er im Dunkeln sehen, wenn es sein musste. Er schloss kurz die Augen und als er sie wieder öffnete, konnte er sehen was los war. „Was zum …", murmelte er und betrachtete verwirrt die Stelle, an der noch vor kurzem das Tischchen samt Messingschale gestanden hatten. Beides war verschwunden. Flaubert drehte sich um und starrte den Flur entlang.

Seine Augen und Mund öffneten sich fassungslos.

Zwei Gestalten in schwarzer Kleidung und mit Skimasken, waren gerade dabei, seinen Fernseher zu stehlen. Die beiden Gestalten, genauso überrascht wie Flaubert, hielten inne und starrten Flaubert reglos an. Dann liefen beide plötzlich los, den Fernseher noch immer in Händen. Seitwärts, wie eine große, sehr ungelenke Krabbe, machten sie ihren Weg durch Flauberts Esszimmer, hin zu der großen, doppelflügligen Balkontür.

„Na wartet, ihr miesen …", rief Flaubert und hastete den beiden hinterher. Im offenen Durchgang zum Esszimmer wurde ihm ein gespanntes Kabel zum Verhängnis. Flaubert stürzte rumpelnd zu Boden. Die alten Dielenbretter ächzten laut. Flaubert stemmte sich vom Boden hoch und stöhnte leise. Er riss entsetzt Augen und Mund auf und betrachtete den Boden. Massive Kratzer zogen sich über weite Teile. „Mein importierter Pariser Dielenboden aus dem achtzehnten Jahrhundert! Wer von euch Pennern turnt hier mit verschraubten Sohlen durch die Gegend?" Flaubert tätschelte die betroffenen Stellen zärtlich.

Flaubert hatte die Dielen erworben, nachdem die kleine Kathedrale seines ehemaligen Wohnviertels in Paris aus baulichen Gründen abgerissen worden war; man konnte über Blake sagen was man wollte, aber zumindest zahlte er gut.

Flaubert wollte sich gerade aufrichten, als ein dritter Mann aus der Küche erschien und etwas über den Boden auf ihn zurollte. Eine Granate. Ohne lange nachzudenken schnappte er sie sich, um sie zum Fenster hinauszuwerfen. Er holte aus. Doch die Granate detonierte.

Die donnernde Explosion riss seine Kleidung in Fetzen und ein Loch in seinen kostbaren Fußboden. Der beschädigte Betonboden unter den Dielen brach unter lautem Getöse ein und Flaubert stürzte in die Wohnung unter seiner.

„Was machen sie hier?", hörte man Flaubert fragen.

„Was *ich* hier mache?", fragte eine männliche Stimme zurück. „*Ich* wohne hier!"

Die Diebe lachten zufrieden, stemmten den Fernseher wieder hoch und liefen zum Balkon.

6

Flaubert, triefnass von Blut und mit Holzsplittern überzogen, hatte taumelnd und ohne weitere Erklärung die Wohnung des Mannes verlasen. Er hastete ins Treppenhaus und marschierte zurück zu seiner Wohnung. Vor der Wohnungstür hielt er an, klingelte und wartete.

Die Männer wollten gerade den Fernseher über das Balkongeländer heben, als die Klingel ertönte. Sie hielten inne und setzten den Fernseher sanft ab. Einer der Männer nickte seinem Partner zu „Sieh nach!"

Schnell, aber leise, näherte sich der losgeschickte Mann der Tür. Vorsichtig legte er ein Auge an den Türspion.

Als Flaubert den Herzschlag des Mannes deutlich hinter der Tür hören konnte, trat er sie mit voller Kraft ein.

Einbrecher und Tür flogen rückwärts durch den Flur, durchschlugen das große Panoramafenster und landeten äußerst unsanft drei Stockwerke tiefer auf dem Gehweg.

„Wiiiiilmaaaaa! Ich bin zu Hause!", rief Flaubert.

Die Tür zu Frau Matsuos Wohnung wurde geöffnet. „Ist alles in Ordnung, Junge? Ich glaube ich habe Lärm gehört. War das der Fernseher?"

„Ja", sagte Flaubert bestimmt. „Das war nur der Fernseher. Gehen sie schlafen Frau Matsuo." Flaubert stapfte mit großen Schritten in seine Wohnung.

„Sind Sie sicher? Ihre Wohnungstür ist ja nicht mehr da. Sie werden sich noch furchtbar erkälten. Und Sie tragen ja immer noch diese nassen Sachen."

„Halten Sie die Klappe Frau Matsuo", rief Flaubert zornig und marschierte weiter.

„Ratte?", fragte Frau Matsuo. „Das waren Ratten?"

Flaubert schüttelte den Kopf. „Wie kann eine Frau, die so taub ist, immer genau mitkriegen, wenn ich an der Tür bin? - Ach, ist das ein beschissenes Leben …", presste er zwischen den Zähnen hervor.

Als er schließlich seinen Balkon betrat, stand sein Fernseher vor dem Geländer. Flaubert nickte zufrieden. Aber keine Spur von den Dieben. Er knurrte leise und ging zum Geländer hinüber. Als er nach unten blickte sah er, wie sie versuchten an der Regenrinne zu entkommen. „He, ihr da! Stehen bleiben!", rief er ihnen hinterher.

Der Fensterladen der Nachbarwohnung wurde geöffnet und ein älterer Mann im Unterhemd mit Halbglatze lehnte sich ins Freie. „Was ist denn das hier für eine Scheiße, verdammt? Wer macht hier diesen verdammten Lärm? Es ist nachts um vier, verflucht!"

„Halten Sie die Klappe, ja. Ich werde gerade ausgeraubt!", schrie Flaubert zurück.

„Geht das nicht auch leise?", fragte der Mann ernst.

„Verzeihung bitte! Die nächsten Einbrecher werde ich extra leise bestellen und vermöbeln, damit seine Lordschaft seinen Schönheitsschlaf halten kann! Und jetzt Klappe halten und gehen Sie schlafen, sonst komme ich rüber und stecke Ihnen ihre Badewanne dort hin, wo Sie sie bestimmt nicht haben wollen!"

„Was machen Sie da für einen Lärm, Sie Irrer? Sie haben meine Decke zerstört verdammt!", rief der Mann aus der unteren Wohnung, der nun ebenfalls an einem Fenster erschienen war.

„Ruhe da unten", brüllte Flaubert zurück. „Haben Sie nicht gehört, dass mein Nachbar schlafen möchte? Sie wecken noch das ganze Haus mit ihrem Theater!" Flaubert sah wieder den Dieben hinterher, die etwas mehr als ein

Stockwerk hinter sich gebracht hatten. „Los, hoch mit euch!"

„Vergessen Sie' s! Stellen Sie sich nicht so an! Aller weltlicher Besitz ist vergänglich", spottete der oberste der Männer.

„Oh, ich zeig dir gleich vergänglich", sagte Flaubert und drehte sich um. Er hob seinen Fernseher mühelos über den Kopf und wandte sich dann erneut den Dieben zu. „Ihr hab euren neuen Fernseher vergessen, Freunde."

„Oh nein!" riefen beide Einbrecher von unten.

„Oh doch!" Flaubert ließ den Fernseher fallen, drehte sich um und ging zurück in die Wohnung.

Draußen waren kurz verzweifelte Schreie zu hören, dann lautes Scheppern.

Flaubert verschloss sorgsam die Balkontür hinter sich.

„Ist wirklich alles in Ordnung? Der Lärm — War das wieder der Fernseher?", rief Frau Matsuo von Flauberts Wohnungstür her.

„Ja, Frau Matsuo. Das war mein Fernseher", antwortete Flaubert. „Mein teurer, teurer Fernseher …" Das Telefon klingelte. Flaubert nahm den Hörer ab. „Hallo?", sagte er.

„Acht. Sieben. Sechs …", zählte eine fremde Stimme am anderen Ende langsam herunter.

„Hallo?", wieder holte Flaubert, etwas langsamer und verdutzt.

„Vier."

„Oh Scheiße!", schrie Flaubert, als er verstanden hatte, was los war. Er ließ den Hörer fallen und rannte in Richtung Balkon.

„Drei."

Flaubert sprang über das Sofa.

„Zwei."

Er stürmte durch die Balkontür und stolperte.

„Eins."

Flaubert raffte sich auf. Er wollte über das Geländer springen, doch es war zu spät. Mit einem ohrenbetäubenden Knall explodierte ein versteckter Sprengsatz. Die Druckwelle schleuderte Flaubert von seinem Balkon. „Scheeeeeißeeeeee!", schrie er rückwärts durch die Luft segelnd, dann schlug er in einem geparkten Auto ein.

7

„Du hättest auch die Tür nehmen dürfen", sagte Mac Lane vom Fahrersitz des Wagens.

Flaubert hob den blutüberströmten Kopf aus dem Loch in der Windschutzscheibe und blinzelte zu Mac Lane hinüber. „Waff maffp bu bem hia?"

„Konnte den Wagen nicht starten", sagte Mac Lane und zuckte ungerührt mit den Schultern.

„Warum bist du nicht zum Telefonieren nach oben gekommen?", fragte Flaubert, dessen Gesicht inzwischen wieder zusammengewachsen war.

„Handy."

„Warum hast du nicht Bescheid gesagt?"

„Gott verdammt, sind wir verheiratet oder was?"

„Ist alles in Ordnung, Junge?", ertönte Frau Matsuos Stimme von deren Balkon. „Ich glaube, ich habe einen lauten Knall gehört. Was machen Sie denn da? Gehen Sie noch mal aus? Sie haben ja noch immer diese nassen Sachen an!"

„Halten Sie die Klappe!", brüllte Flaubert ungehalten zurück.

Mac Lane war unterdessen aus dem Wagen gestiegen und neben die Motorhaube getreten. „Also, was hast du gemacht?", fragte er vorwurfsvoll.

„Wieso denn was *ich* gemacht habe?" Flaubert rutschte von der Motorhaube und klopfte sich ab. „Warum gehst du davon aus, dass das meine Schuld war?", fragte er verärgert und kramte ein nasses Taschentuch aus seinem Mantel hervor.

„Weiß auch nicht", sagte Mac Lane grinsend. „Vielleicht, weil du so ein gewisses Talent hast?"

„Und was soll das nun wieder bedeuten?", wollte Flaubert wissen und wischte sich mit dem nassen Taschentuch so gut es eben ging das Blut aus dem Gesicht.

„Ach, gar nichts", versicherte Mac Lane und versuchte Flauberts zornigem Blick auszuweichen. „Also schön, was ist denn nun wirklich passiert?"

„Ich kam in meine Wohnung, so wie sonst auch. Im Flur stellte ich dann fest, dass das Licht nicht ging, also gehe ich auf Nachtsicht und was sehe ich? Da sind diese Typen in Schwarz, die sich mit meinem Fernseher aus dem Staub machen wollen."

„Und da hast du dir gedacht, bevor du das zulässt, jagst du lieber gleich das ganze Haus in die Luft", sagte Mac Lane grinsend. „Verständlich."

„Nein", sagte Flaubert langsam und betont ruhig. „Mit der Explosion hatte ich nichts zu tun. Ich habe nur den einen von ihnen aus dem Fenster geworfen …"

„Samt Wohnungstür!", ergänzte Mac Lane schnell mit erhobenem Zeigefinger.

„Woher zum Teufel weißt du denn das schon wieder?", fragte Flaubert aufgebracht.

Mac Lane deutete grinsend mit dem Daumen über seine Schulter. Dort lag, einige Meter von ihnen entfernt, der Einbrecher, samt Wohnungstür, tot am Fuß eines großen Baumes. „Ich war doch die ganze Zeit über hier."

Flaubert stemmte die Hände in die Hüfte und legte vorwurfsvoll den Kopf schief. „So? Warum hast du mir dann nicht geholfen?"

„Sah so aus, als kämst du auch allein mit den paar Einbrechern klar." Mac Lane ließ den Blick zu dem Loch hinübergleiten, wo sich noch kurz zuvor Flauberts Wohnung befunden hatte. „Aber da habe ich mich wohl geirrt", fügte er schließlich achselzuckend hinzu. „Außerdem war es ein faszinierendes Schauspiel und ich hatte Karten für die erste Reihe."

„Wahnsinnig komisch. Sag mir lieber, wo ich jetzt bleiben soll", brummte Flaubert.

„Kein Problem. Du wohnst bei mir."

„Was?", fragte Flaubert und Mac Lane war sich nicht sicher, ob er panisch oder überrascht geklungen hatte. Ein Blick in Flauberts Gesicht verriet, dass er sich wohl die selbe Fragte stellte.

„Warum nicht?", fragte Mac Lane, wartete keine Antwort ab und setzte sich in Bewegung.

„Wo willst du hin?", fragte Flaubert überrascht und sah ihm hinterher.

Mac Lane schlenderte an der Reihe geparkter Autos am Straßenrand entlang. „Wir brauchen ein neues Auto, das alte hast du ja kaputt gemacht", sagte Mac Lane trocken und warf einen prüfenden Blick ins Innere eines gelben Jeeps. Er grinste zufrieden und zog ein Etui aus der Innentasche.

„Wir zwei? In *einer* Wohnung?" Flaubert war Mac Lane gefolgt und zu der Beifahrertür des Jeeps herumgegangen. „Soll ich dir helfen?", fragte er Mac Lane, der noch immer am Schloss des Jeeps fummelte. Dass Mac Lane im Begriff war ein Auto zu stehlen überraschte Flaubert nicht.

„Ich hab' s gleich", versicherte Mac Lane.

Flaubert warf einen wehmütigen Blick zurück zu seiner ehemaligen Wohnung. Flammen und Rauch stiegen aus dem Loch in der Häuserfront und züngelten in den Nachthimmel. In der Ferne waren allmählich die ersten Sirenen zu hören.

Wer zur Hölle war das nur?, dachte Flaubert.

Das klirrende Geräusch von brechendem Glas riss

Flaubert aus seinen Gedanken. Er wandte sich Mac Lane zu, der die Fahrertür geöffnet hatte und nun einen Haufen Scherben vom Fahrersitz fegte.

„Was wird denn das? So hätte ich das auch gekonnt." Flaubert schüttelte den Kopf.

„Du kannst auch gerne zu Fuß gehen", sagte Mac Lane und öffnete Flaubert von innen die Beifahrertür.

„Wenn ich an deinen Fahrstil denke, wäre das vielleicht die klügere Wahl", erwiderte Flaubert, stieg aber trotzdem ein.

„Anschnallen, bitte", sagte Mac Lane.

Flaubert ließ den Sicherheitsgurt einrasten und sah zu Mac Lane hinüber. „Mac Lane", sagte er ruhig. „Fahr anständig!"

Mac Lane sah Flaubert an und grinste breit.

„Mac Lane?"

Mac Lanes Augen funkelten, als er den Wagen anließ und so rasant ausparkte, dass es Flaubert tief in den Sitz presste. „Mac Lane!"

„Was hatte es denn nun mit der Bombe auf sich?", hakte Mac Lane rasch nach.

„Schön, dass du dich noch an solche Nebensächlichkeiten erinnerst. Ich hatte schon Sorge es würde möglicherweise deine Aufmerksamkeit mindern und die Qualität deines Fahrverhaltens beeinträchtigen."

„Nicht doch. Ich kann auch mit geschlossenen Augen fahren. Willst du es mal …"

„Nein! Nicht nötig! Danke! Ich verzichte auf eine Demonstration", unterbrach ihn Flaubert. „Also - die Bombe. Du erinnerst dich daran, dass ich die Einbrecher vertrieben habe?"

„Vertrieben? Ich hatte mehr den Eindruck …"

„Willst du es jetzt hören oder nicht? Also – ich war diese Einbrecher gerade los geworden, da klingelt mein Telefon. Ich gehe ran und eine Stimme zählt einen Countdown runter. Was sollte ich also machen? Ich bin auf den Balkon und habe den schnellsten Fluchtweg gesucht."

„Und der führte durch unseren Wagen?". Mac Lane grinste.

Flaubert sah Mac Lane grimmig an. „Bist du dir wirklich sicher, dass ausgerechnet wir zwei unter einem Dach wohnen sollten?"

„Jip", sagte Mac Lane. „Außerdem sind wir zu dritt."

„Was? Du meinst ja bitte hoffentlich nicht diesen verwesenden Nager, den du mit dir herumträgst."

„Er hat einen Namen!"

„Hmm", brummte Flaubert mürrisch.

„Wird schon gut gehen. So oft wie wir für Blake unterwegs sind."

„Ist mir eigentlich auch egal", sagte Flaubert beschwichtigend und sah aus dem Fenster, als ihm ein beunruhigender Gedanke kam. „Sag mal, deine Wohnung, läuft die über deinen richtigen Namen?", fragte er ernst.

„Natürlich nicht. Über einen meiner Decknamen. Warum?", wollte Mac Lane wissen und warf Flaubert rasch einen erstaunten Blick zu.

„Meine auch."

„Und weiter?"

„Denk doch mal nach. Wer auch immer die waren, sie müssen gewusst haben, welchen Decknamen ich benutze."

„Hmm", brummte Mac Lane nachdenklich und nickte zustimmend. „Daran hatte ich noch nicht gedacht."

„Woher kannten die meinen Decknamen?", fragte Flaubert grübelnd. „Und wenn die meinen Decknamen herausbekommen konnten, dann vermutlich auch …"

„Meinen!", rief Mac Lane entsetzt und trat schlagartig das Gaspedal durch.

„Hey! Was hast du denn auf einmal?" Flauberts Kopf prallte unsanft gegen die Kopfstütze.

„Angus sollte Misato bei mir absetzen", sagte Mac

Lane.

„Na und?", fragte Flaubert erst begriffsstutzig, dann aber weiteten sich seine Augen. Er hatte begriffen. Wer auch immer seine Wohnung in die Luft gejagt hatte, hatte wahrscheinlich auch einen Sprengsatz in Mac Lanes Wohnung deponiert.

8

Nach einer irrwitzig schnellen Fahrt durch die nächtlichen Straßen hielt Mac Lane den Wagen mit quietschenden Reifen vor seinem Wohnhaus an. Kaum, dass der Wagen zum Stehen gekommen war, hatte Mac Lane ihn auch schon verlassen. „Du wartest unten!", rief Mac Lane Flaubert zu.

Flaubert, der gerade ausgestiegen war, stutzte erst, begriff dann aber, was Mac Lane bezweckte. Er stand Wache. „Alles klar!", bestätigte er.

Mac Lane hatte unterdessen die Haustür mit der Schulter gerammt und aufgebrochen. Die Wucht des Aufpralls hatte das Türschloss aus dem Rahmen gerissen. Die Tür schlug krachend gegen die Wand und blieb offen stehen.

Flaubert behielt die Umgebung aufmerksam im Auge. Er wusste nicht, welche Mac Lanes Wohnung war und so huschte sein Blicke erwartungsvoll über die Fassade. Als im dritten Stock plötzlich klirrend ein Fenster zerbrach und ein schreiender, wild mit den Armen rudernder, schwarz vermummter Mann aus dem Fenster flog, war er sicher, sie gefunden zu haben.

Der Mann schlug unweit von Flaubert auf der Straße auf und war sofort tot.

„Alles klar da oben?", rief Flaubert hinauf.

Mac Lane erschien am Fenster. „Zwei hauen durchs Treppenhaus ab! Schnapp sie dir!", schrie Mac Lane.

„Alles klar", rief Flaubert zurück und konnte in Gedanken schon Blakes Stimme hören. Er würde sie wiedereinmal belehren, was es hieß, unauffällig zu agieren und sie würden – wiedereinmal – versichern, verstanden zu haben und sich in Zukunft daran zu halten. Und sie würden alle wissen, dass sie es *nicht* tun würden.

Flaubert wollte das Gebäude gerade betreten, als ihm ein Vermummter entgegen kam und nicht mehr rechtzeitig bremsen konnte. Der Mann verlor das Gleichgewicht und stürzte zu Boden. Flaubert reagierte schnell und packte sich das linke Bein des Mannes. Mit einem Ruck zog er den Mann erst näher an sich heran und dann an seinem Bein in die Höhe, so dass er ein gutes Stück über dem Boden schwebte.

Der zweite Vermummte war deutlich langsamer gewesen, hatte es aber schließlich auch nach unten geschafft. Noch auf dem letzten Stück Treppe erblickte er Flaubert, wie der seinen Kollegen am Bein in der Luft hielt. Der Mann stoppte abrupt. Mit einem Satz schwang er sich über das Treppengeländer und rannte in Richtung des Hinterausgangs.

„Um dich kümmere ich mich später", sagte Flaubert und öffnete die Klappe des Wäscheschachts, der zu eng war, als dass ein erwachsener Mann hindurch gepasst hätte. Mit, für seine Verhältnisse, sanfter Gewalt, stopfte Flaubert den zappelnden Mann in die Luke des Schachts, sodass er feststeckte, wie ein Korken in einer Weinflasche. Flaubert ließ den fluchenden und mit den aus dem Schacht ragenden Beinen strampelnden Mann zurück und folgte dessen Kollegen zur Hintertür.

Der Mann hatte die Hintertür gerade geöffnet und wollte hinausspurten, als er von Flaubert am Kragen gepackte und zurückgezogen wurde.

„Wir zwei werden uns jetzt mal ein wenig unterhalten, Schnucki!", versicherte Flaubert grinsend. Er packte sich die Brechstange, die der Mann hielt, faltete dessen Hände und bog die Stange um sie herum wie eine Brezel. Dann warf er sich den sprachlosen Mann einfach über die Schulter, wie einen großen Sack Mehl. Zufrieden schlenderte er zurück in Richtung Wäscheschacht. Als er den Wäscheschacht erreicht hatte, erwartete ihn Mac Lane bereits.

Neben Mac Lane stand der andere Vermummte. Mac Lane hatte ihn inzwischen aus dem Schacht gezerrt und seine schwarze Kleidung dabei stellenweise zerrissen. Hier und da blitzte eine blutige Schramme hervor.

„Und?", fragte Flaubert und blieb vor Mac Lane stehen.

„Die hatten tatsächlich vor mich auch in die Luft zu jagen." Mac Lane versetzte dem Mann neben sich einen heftigen Klaps mit der flachen Hand auf den Hinterkopf. „Sie waren zum Glück noch dabei das Ding zu verkabeln."

„Ich wünschte, ich hätte auch soviel Glück gehabt", sagte Flaubert kopfschüttelnd. „Also, bringen wir sie hoch, um sie auszuquetschen?"

Mac Lane schüttelte den Kopf. „Wer weiß, ob es vielleicht mehr als einen Sprengsatz gibt. Wir nehmen sie mit zum Wagen, das muss reichen."

Flaubert nickte zustimmend. „Ok."

9

Flaubert schob den Mann, den er getragen hatte, auf die Rückbank, auf den Platz hinter dem Fahrersitz, dann stieg er selbst ein und setzte sich direkt neben den Mann auf die Rückbank.

Mac Lane hatte den zweiten Bombenleger unterdessen mit vorgehaltener Waffe zum Jeep geführt und ihn auf dem Beifahrersitz Platz nehmen lassen. Anschließend hatte er die Tür verriegelt, war um den Jeep herumgegangen und hatte ihn wieder geöffnet, um sich selbst auf den Fahrersitz zu setzen. „Also schön", sagte er schließlich lächelnd, den Lauf der Waffe beständig auf den Mann neben sich gerichtet. „Flaubert, warum unterhältst du dich nicht etwas mit deinem neuen Freund?"

„Aber mit dem größten Vergnügen", sagte Flaubert und lächelte den Mann neben sich freundlich an.

Der Mann lächelte irritiert zurück, zumindest nahm Flaubert an, dass er es tat, denn die schwarze Skimaske, die der Mann noch immer trug ließ nicht viel mehr als Spekulationen darüber zu.

Urplötzlich schnellte Flaubert vor, legte seine Hände um den Hals des Mannes und begann ihn mit grimmigem Gesichtsausdruck zu würgen. „Also, packst du jetzt aus? Wer hat euch geschickt? Oder muss ich erst ungemütlich werden?"

„Sehr subtil", bemerkte Mac Lane und bedachte Flaubert mit einem vielsagenden Blick.

Der Gewürgte röchelte unterdessen, angestrengt nach Luft schnappend, vor sich hin.

„Nun red' schon!", brüllte Flaubert und begann den Mann hin und her zu schütteln.

„Ist … das normal?", fragte der zweite Mann vom Beifahrersitz zögerlich und sah Mac Lane durch den Schlitz in seiner Skimaske hindurch verstört an.

„Ja … leider", sagte Mac Lane und seufzte.

„Ich meinte die herausquellenden Augen", erklärte der Mann verstört.

„Ja, so sieht mein Partner immer aus."

„Ich meinte eigentlich … bei *meinem* Partner …", korrigierte der Mann.

Die Augen des Mannes sahen tatsächlich so aus, als würden sie jeden Moment aus den Höhlen springen. Sie erinnerten Mac Lane ein wenig an Golfbälle, mit feinen roten Linien darauf.

„Red' endlich! Mach schon, du Kübel! Wird' s bald? Ich

kann das die ganze Nacht machen. Ich …", brüllte Flaubert wütend, bis Mac Lane ihm ins Wort fiel.

„Flaubert", sagte er ruhig. „Ich glaube er will ja reden … aber …"

Der Gewürgte hatte die Hand gehoben, wie ein Schulkind es tat, um sich zu Wort zu melden, und wedelte damit herum. „Iiih … wa … deeee …", röchelte er.

„Was?", fragte Flaubert und hielt, wie aus einer Trance gerissen, inne.

„Du solltest ihn vielleicht ausreden lassen", sagte Mac Lane ruhig. „Lass ihn mal los."

Flaubert starrte den Gewürgten einen Moment lang fragend an, ganz so, als würde er erst in diesem Moment begreifen, was er gerade tat. Verlegen brummend nahm er die Hände vom Hals des Mannes, der daraufhin sofort tief nach Luft schnappte. Zwischen heftigem Husten hindurch konnte man verstehen, was er zu sagen versuchte. „Ich sage alles."

„Lass hören", sagte Mac Lane gespannt und nahm den Mann auf dem Beifahrersitz wieder ins Visier.

„Der Name unseres Auftraggebers ist … "

Glas klirrte.

Blut spritzte Mac Lane von der Rückbank her ins Gesicht. Der Mann der neben Flaubert gesessen hatte, lag mit Blut überströmtem Schädel auf der Rückbank. Eine faustgroße Austrittswunde klaffte in der Stirn des Mannes.

Glas klirrte.

Wieder spritzte Blut. Flauberts Blut.

Ein zweites Geschoss hatte auch Flauberts Schädel gesprengt. Auch Flauberts Austrittswunde war enorm. Während Flauberts Schädel aber bereits langsam wieder zusammenwuchs, blieb der Bombenleger tot. Er lag auf der Rückbank in einer größer werdenden Lache aus Blut und Hirnmasse.

Glas klirrte.

Die Scheibe auf der Beifahrerseite war zerschlagen worden. Eine große, starke Hand hatte den zweiten Mann am Hals gepackt und ins Freie gezerrt.

Mac Lane hatte hastig die Fahrertür geöffnet, war ins Freie gestürzt und hinter der Motorhaube in Deckung gegangen. „Scheiße!", zischte Mac Lane. „Flaubert, wo bleibst du?!", rief er und zerrte seine Waffe in den Anschlag. „Flaubert! Wo … " Mac Lane ließ den Satz unvollendet und warf sich intuitiv zur Seite.

An der Stelle, an der er gerade noch gekniet hatte, war nur Sekundenbruchteile nach seinem Ausweichen eine Kugel eingeschlagen.

Ein weiterer Schuss.

Der Abzug seiner Waffe flog, mit samt Mac Lanes Zeigefinger, davon. Als der Schmerz in seinem Kopf angekommen war, stöhnte er kurz auf. *Wie hat der so präzise treffen können? Und wieso konnte ich den Schuss nicht vorhersehen?* Mac Lane war sich nicht sicher, ob ihm noch Training in dieser Disziplin fehlte oder ob er den Schuss nicht hatte erahnen können, weil er keine Lebensgefahr bedeutet hatte.

10

Aus dem Schatten eines Baumes, der in einiger Entfernung in einem kleinen Park stand, trat ein junger Mann hervor. Ein schweres Scharfschützengewehr über die rechte Schulter gelegt, stand er da und lachte, dann kam er langsam auf Mac Lane zu.

Der junge Mann war in einen langen, schwarzen Baumwollmantel gekleidet, der am unteren Rand stark ausgefranst und mit Sicherheitsnadeln verziert worden war. Die schwarze Hose hatte zahlreiche Risse und trug die verschiedensten Aufnäher diverser Punk- und Metalbands.

Der Nietengürtel war mit einer silbernen Schnalle verschlossen, die die Form eines Kreises hatte, in dem ein großes „A" stand. Eine Krawatte, gelb und lila im Schachbrett-Look, hing ihm locker um den Hals. Die kurzen Haare waren schillernd hellgrün gefärbt. Nase, Augenbrauen, Ohren und Lippen des jungen Mannes waren mehrfach gepierct. Eine dünne Kette zog sich vom innersten Ring in seiner rechten Augenbraue hinüber zum nächsten Ring der gleichen Braue, von dort zum wieder nächsten, hinunter zum spitzen Ohr, wo sie durch mehrere Ringe lief und schließlich in einem einzelnen Ring in der Lippe ihr Ende fand. Am linken Ohr des Mannes baumelte ein Ohrring in Form eines umgedrehten Kreuzes.

Der junge Mann streckte Mac Lane provokativ die Zunge heraus und Mac Lane konnte bei ihrem Anblick der Aufzählung gepiercter Stellen eine weitere hinzufügen.

11

Da war es wieder – das Gefühl in Lebensgefahr zu sein. Mac Lane rollte sich zur Seite, weg vom Jeep.

Eine schwere Axt schlug an der Stelle ein, an der er eben noch gewesen war. Die Schneide der Axt hatte sich tief in den Asphalt gegraben. An dem mit Lederriemen umwickelten Griff der Axt, war eine schwere, schwarze Kette montiert, die beim Aufprall kurz geklimpert hatte.

Mac Lanes Blick folgte dem Verlauf der Kette, welche die Waffe mit dem Handgelenk ihres Eigentümers verband. Auf der Motorhaube des Jeeps stand ein hünenhafter Mann in schwarzer Kleidung.

Der Anzug des Mannes war strahlend weiß und makellos. Der Mann hatte schwarzes Haar, das ihm auf der linken Seite schulterlang vom Kopf hing. Die rechte Seite des Schädels hatte er sich völlig kahl rasiert. An der rechten

Seite seines Kinns wuchs ein fein gestutzter, halber Ziegenbart, während die linke Kinnseite rasiert war. Gelassen, fast gelangweilt, rückte der Mann seine dunkle Designer Sonnenbrille zurecht und betrachtete Mac Lane gleichgültig. Die schwere Eisenkette seiner Waffe endete in einem großen Knäuel, das er sich um sein rechtes Handgelenk gewickelt hatte. Mit einem kurzen Ruck an der Kette, sprang die Waffe aus dem Boden und landete sicher in seiner Hand. Der Hüne schulterte die pechschwarze Axt mit Leichtigkeit und starrte Mac Lane an. Es war zweifellos die riesige Hand dieses Mannes gewesen, die den Bombenleger vom Beifahrersitz gezerrt hatte.

12

„Flaubert … du feiger Franzose! Wo bleibst du?", hauchte Mac Lane, obwohl er es hatte rufen wollen.

„Mir reicht' s jetzt", kicherte der junge Mann und legte auf Mac Lane an. „Ich will ihn endlich abknallen!"

„Von mir aus", sagte der Mann mit der Axt und zuckte gelangweilt mit den Schultern.

Mit einem Knall wurde die Hintertür auf der Fahrerseite des Jeeps aus der Verankerung gerissen und herausgeschleudert. Die Tür hatte solchen Schwung, dass sie den jungen Mann unerwartet erwischte und ihn ein gutes Stück wegschleuderte.

Flaubert war der Tür unmittelbar ins Freie gefolgt und kam aus dem Jeep geschossen, wie eine Kanonenkugel. Reste seines Gehirns und Blut tropften von seiner Kleidung und er war stinksauer. „Welcher von euch Wichsern hat da gerade versucht – Nein, danke, Madame, ich habe noch zu trinken, vielen Dank – mir den Schädel wegzusprengen? Ich kill euch! Alle!", brüllte er. „Du!" Flaubert ging langsam, mit dem ausgestreckten Zeigefinger auf ihn deutend, auf den jungen Mann zu. „Du wirst – Orange! - sterben!", fauchte er und der Schatten des Tiers tauchte wieder durch die Tiefen seiner Augen.

Der Hüne mit der Axt rührte sich nicht. Er stand nur mit unverändert gleichgültigem Ausdruck da und verfolgte das Geschehen.

Flaubert torkelte weiter auf den Schützen zu, der noch besinnungslos unter der Tür lag. Nach wenigen Schritten wurde das Torkeln stärker. Noch einige Schritte und er brach erschöpft zusammen. Er brauchte Blut.

„War' s das schon?!", hauchte Mac Lane besorgt.

Der Schütze war gerade wieder zur Besinnung gekommen und hatte sich von der Tür befreit. „Dafür mache ich euch beide kalt", sagte er, rappelte sich auf und starrte Flaubert grinsend an. „Aber mit dir fange ich an", sagte er und wandte sich Mac Lane zu.

Mac Lane hatte gerade reagieren wollen, als ein mächtiges, zweihändiges Schwert wie aus dem Nichts vom Himmel herabgesaust kam. Das Schwert schlug nur Zentimeter vor dem jungen Mann im Boden ein und blieb stecken.

„Was soll das?" Die hohe Stimme des Schützen überschlug sich beinahe vor Wut.

„Du wirst ihnen nichts tun!", ertönte eine gebieterische, rauchige Stimme, die vom Himmel her kam. Eine Gestalt schwebte aus dem nächtlichen Himmel herab. Die weißen Schwingen glänzten überwältigend. Das Gesicht des - offensichtlichen - Engels war unter einer dunkelbraunen Lederkapuze verborgen, die ihm so weit in sein Gesicht hing, dass Mac Lane sich fragte, wie der Engel überhaupt etwas sehen konnte. Die Kapuze gehörte zum dunkelbraunen Ledermantel, den der Engel trug und unter dem ein Kettenhemd zu sehen war. Von der Taille abwärts trug er ein feines, weißes, rockartiges Gewand, mit güldenen Stickereien. Die Hände des Engels waren in dicken, braunen Lederhandschuhen verborgen, die das Symbol eines Erzengels auf ihrem Rücken trugen – Michael.

„Wir holen uns das Mädchen, dann werden wir gehen. Befehl von oben. Also lasst sie liegen", sagte der Engel unmissverständlich. Er richtete die geöffnete Hand auf seine Waffe, die zu beben begann und sich aus dem Boden erhob. Wie von Geisterhand glitt sie durch die Luft zurück in die Hand ihres Besitzers. Der Engel verstaute sie in einer prächtigen Scheide, die von seinem Gürtel hing und zuvor vom Mantel verdeckt worden war.

„Lass mich nur einen killen!", kicherte der junge Mann und setzte einen Schritt weiter auf Mac Lane zu.

Der Engel hob den Kopf ein Stückchen, so dass Mac Lane die Spitze seines aschfahlen, ausgemergelten Kinns sehen konnte. Etwas leuchtete blutrot unter der Kapuze auf, als er den jungen Mann ins Visier nahm.

Der junge Mann brach ohne erkennbaren Grund schlagartig winselnd in sich zusammen. „Schon … gut … hör auf …", winselte er und das Leuchten unter der Kapuze erlosch. Wortlos richtete der Engel den Blick auf Mac Lane und Flaubert, dann spreizte er seine mächtigen Schwingen und ein grelles Licht überflutete die Szenerie.

Mac Lane hatte kurz die Besinnung verloren und als er sie wiedererlangt hatte, waren alle drei Gestalten verschwunden.

„War das … ein Engel, Mami?", fragte Flaubert benommen und kroch zu Mac Lane heran.

„Was denkst du denn? Kennst du noch andere Wesen mit solchen Flügeln?", fragte Mac Lane erbost.

Flaubert dachte eine Weile angestrengt nach, dann sagte er in fragendem Ton: „Hühner?"

„Ja", sagte Mac Lane. „Obwohl Hühner eher selten so groß werden."

Flaubert nickte zustimmend, dann rief er euphorisch: „Mexikaner!" Anschließend sackte er in sich zusammen und blieb wieder bewusstlos liegen.

„Wir müssen dir dringend Blut besorgen, mein Freund. Ich hoffe du schaffst es noch bis zum Tower." Blake musste unbedingt erfahren, was passiert war. Mac Lane packte sich Flaubert und schleppte ihn zu einem geparkten Auto. Mit einem Schlag hatte er das Seitenfenster zertrümmert und die Tür entriegelt.

Sorgen darüber, dass man ihn hören konnte, machte er sich nicht. Der Engel hatte mit Sicherheit mittels seiner Aura dafür gesorgt, dass alle Sterblichen in der Nähe fest schliefen. Mac Lane legte Flaubert auf dem Rücksitz des Wagens ab und fixierte ihn so gut er konnte mit Sicherheitsgurten.

„Engel", murmelte Mac Lane nachdenklich und setzte sich hinter das Steuer des Wagens. „In dieser Stadt laufen einfach viel zu viele Irre frei herum, Hamsti."

Warum auch immer diese Typen noch hinter Misato her waren, im Moment konnte Mac Lane ohnehin nichts für sie tun.

Kapitel 8

Götter

1

Die Türen des Aufzugs öffneten sich mit dem gewohnt monotonen Ping.

Mac Lane huschte eilig zwischen den sich öffnenden Türen hinaus, noch ehe sie sich vollständig geöffnet hatten. „Hey, Yumi", rief er beiläufig und hielt auf Blakes Büro zu. „Ist er drin?", fragte Mac Lane, wartete die Antwort aber nicht ab, sondern stieß die Flügeltür einfach kurzerhand auf.

Flaubert kam Mac Lane langsam hinterher getrottet. Er wirkte benommen und hatte die Augen halb zugekniffen, weil ihn das helle Licht schmerzhaft blendete. Er brummte missmutig, während er sich den schmerzenden Schädel rieb. „Hi… Yumi", brachte er gequält heraus. Er hob die Hand zu einem halbherzigen Gruß, was ihm sichtlich schwerfiel.

„Ähm, Jungs?! Wartet mal! Ihr könnt da nicht rein! Er hat … Besuch …", stammelte Yumi überrumpelt und hatte noch versuchte Mac Lane zu fassen zu bekommen, jedoch ohne Erfolg.

2

„Boss! Wir haben ein Problem! Wir …“, rief Mac Lane als er Blakes Büro stürmte. Er hatte nur zwei Schritte in den Raum gesetzt, als er verdutzt stehen blieb. Er starrte Blake an. *Was zum …?*

Blake saß - wie gewohnt - in seinem Sessel hinter dem Schreibtisch. Gänzlich ungewohnt war für Mac Lane jedoch der Anblick von Blakes nacktem Oberkörper; er war von unzähligen kleineren und größeren Narben überzogen. Um die Brust und die linke Schulter spannte sich ein sorgsam angelegter, weißer Verband, der im Bereich des Schlüsselbeins leicht blutbefleckt war.

Überraschender war nur sein Besuch.

Neben Blake stand eine große, schöne Frau mit langem, schwarzem Haar, das ihr bis zur Hüfte reichte. Sie hatte gerade behutsam den Verband zurecht gezogen, als Mac Lane unverhofft das Zimmer betreten hatte. Sie war erschrocken zusammengezuckt und langsam einen Schritt von Blake zurückgewichen.

Mac Lane kannte sie nicht.

„Mac Lane“, sagte Blake überrascht und sah ihn mit einer Mischung aus Verwunderung und Ärger an. „Was macht ihr hier? Hatte ich euch nicht gesagt, ihr sollt euch ausruhen?“

„Schon, aber …“, stotterte Mac Lane, dem die Szenerie gänzlich unwirklich vorkam.

„Hey, Boss!“, sagte Flaubert unbekümmert und taumelte in Blakes Büro. „Wir …“ Flaubert stutzte. Abwechselnd sah er Blake, die Frau und Mac Lane fragend an, dann rieb er sich die Augen und blinzelte, so als wollte er ein Trugbild verjagen. Als sich aber auch nach mehreren Versuchen kein anderes Bild ergeben wollte, zuckte er mit den Schultern und sah Mac Lane erwartungsvoll an.

„Was?“, fragte der. „Ich hab' auch keine Ahnung wer

sie ist, also guck nicht so."

„Was zum Teufel treibt ihr Clowns dann schon wieder hier?", zischte Blake mit Nachdruck und deutlich lauter. Er war aufgestanden.

Die Frau – Paladin - legte beruhigend ihre Hand auf seine Schulter.

„Wir haben ein Problem", wiederholte Mac Lane schließlich, nachdem er sich wieder gefangen hatte. „Wir haben das Mädchen verloren."

„Ich verstehe", sagte Blake tonlos und nickte. Er ließ sich langsam in seinen Sessel zurücksinken und verschränkte die Arme vor der Brust. „Das heißt – nein - eigentlich verstehe ich es *nicht*. Ich hatte ernsthaft angenommen, ihr würdet das Mädchen erledigen, nachdem ihr den Schlüssel habt."

„*Angenommen!* - aber nicht *befohlen!*", sagten Flaubert und Mac Lane gleichzeitig. Mac Lane warf Flaubert einen erstaunten, aber dankbaren, Blick zu.

„Wie bitte?", fragte Blake um Fassung bemüht und lehnte sich vor. Seine zornig funkelnden Augen huschten schnell von Flaubert zu Mac Lane und wieder zurück. Blake schnaubte wie eine Dampflock, deren Kessel unter Dampf stand, dann schloss er die Augen und versuchte sich zu beruhigen. „Das bedeutet, dass diese Sterbliche, mit ihrem Wissen über euch und andere Unsterbliche, jetzt irgendwo in der Stadt herumläuft?", fragte er bemüht ruhig.

„Nicht ganz …", sagte Flaubert, der sich immer noch den schmerzenden Schädel rieb.

„Sondern?", fragte Blake ehrlich neugierig, aber nicht weniger grimmig.

„Genau deshalb sind wir hier", sagte Mac Lane schließlich ernst. „*Die* haben sie!"

„*Die?*", fragte Blake der Mac Lanes Ausführungen nicht folgen konnte.

„Engel", erklärte Flaubert. „Oder … Mexikaner. So genau weiß ich das auch nicht. Sie hatten jedenfalls große weiße Flügel."

„Was?", fragte Blake verwirrt. „Mexikaner? Hier?"

„Einfach nicht beachten. Sie haben ihm das Gehirn weggeschossen und er ist noch nicht wieder ganz da. Das Wesentliche ist, dass man heute versucht hat, uns in unseren Wohnungen in die Luft zu jagen und das Mädchen mitzunehmen", erzählte Mac Lane.

„Das stimmt Boss", sagte Flaubert fasziniert. „Hier ist noch ein Stückchen Hirn und da klebt auch noch was." Flaubert sah an sich hinunter und deutete auf kleine Fetzen von seiner Hirnmasse, die noch am Mantel klebten. Fasziniert stupste er schließlich mit dem Finger in die Masse hinein und ließ ein amüsiertes Kichern hören.

Blake, Paladin und Mac Lane starrten Flaubert sprachlos an. Keiner von ihnen wusste, was sie tun sollten.

Als Flaubert schließlich bemerkte, wie still es geworden war, hob er den Kopf und blickte in die Runde. „Was denn?", fragte er gefolgt von einem matten Stöhnen und rieb sich wieder den Kopf. „Wenn ich den Punk erwische, der mir das Ding verpasst hat", stöhnte Flaubert und ballte die Hände zu Fäusten.

„Ich verstehe nur nicht, wieso ihn der Schuss dieses Mal so mitgenommen hat. Du ballerst uns einmal die Woche den Kopf von den Schultern und bisher hat ihm das nie geschadet", sagte Mac Lane und zuckte mit den Achseln. „Zumindest nicht *so*."

„Ich vermute mal, er hatte kaum noch Blut im Körper, vielleicht sogar gar keins, als er angeschossen wurde, richtig?" fragte Blake.

„Ja, stimmt." Mac Lane nickte.

„Das bedeutet, dass er seine Verletzung nicht direkt heilen konnte. Teile des Hirngewebes sind in der Zwischenzeit einfach *tatsächlich* gestorben. Aber keine Sorge, er wird schon wieder. Der Zustand dürfte nicht mehr lange anhalten. Nach und nach wird sich das tote Gewebe regenerieren." Blake winkte unbesorgt ab. „Aber zurück zum Thema: Ein verdammter Engel hat also das Mädchen, sagst du?"

„Ja – Oder zumindest *denke* ich, dass die sie haben", erklärte Mac Lane.

„Du *denkst*?", fragte Blake misstrauisch nach.

„Wir hatten Misato bei Angus gelassen. Nach dem Vorfall habe ich versucht ihn zu erreichen, aber …"

„Warum wollten die das Mädchen?", fragte Blake und lehnte sich nachdenklich zurück. „Die beiden Teile des Schlüssels sind hier, also wozu wollten sie dieses Mädchen?"

„Weiß ich nicht", sagte Mac Lane nervös. „Es gibt aber noch etwas, das mich beunruhigt."

Blake sah ihn fragend an. „So?"

„Diese Bombenleger wussten wo wir wohnen. Das bedeutet, dass jemand von uns Informationen weitergegeben hat."

Blake seufzte tief. „Hast du eine Idee wer?"

„Wenn ich das wüsste, hätte ich dir seine Leiche mitgebracht", erklärte Mac Lane.

Blake schmunzelte und ließ ein leises Lachen hören.

„Das war aber noch nicht alles", fuhr Mac Lane fort.

„Was denn noch?"

„Es waren drei Typen. Der Engel war der Boss, dann ein Typ mit einer echt fetten Axt und ein durchgedrehter Scharfschütze", zählte Mac Lane auf.

„Und?" fragte Blake gespannt.

„Die anderen beiden waren keine Engel", sagte Mac Lane schließlich ernst.

Blake fuhr herum und starrte Paladin an.

„Was?", fragte Paladin mürrisch und wandte sich Mac Lane zu. „Bist du dir ganz sicher?" Hatten ihre Leute nicht

155

alle Paktierer vernichtet?

„Ja, ganz sicher", antwortete Mac Lane verlegen. Er wusste nicht recht, was er von der Frau halten sollte, noch wie er sie ansprechen musste.

„Weißt du etwas darüber?", fragte Blake Paladin direkt.

„Natürlich nicht!", erwiderte sie erbost. „Das war kein Fehler meiner Leute. Ganz sicher. Wir haben alle erwischt!"

„Gut", sagte Blake und nickte beschwichtigend.

„*Ihren Leuten*?", fragten Mac Lane und Flaubert. „Wenn sie eigene Leute hat, heißt das, dass sie kein Vampir ist. Und wenn sie kein Vampir ist, dann kann sie nur ein ... „

„Nein", sagte Blake gelassen wahrheitsgemäß. „Sie ist *kein* Werwolf."

Mac Lane und Flaubert seufzten erleichtert.

„Sie ist eine Bastet!", erklärte Blake völlig gelassen. *Und eine sehr gute, alte „Freundin"*

Paladin sah Blake aus dem Augenwinkel heraus an und lächelte, als ihm der Gedanke durch den Kopf ging.

„W ... was?", stotterte Flaubert, während Mac Lane gänzlich die Sprache weggeblieben war. „Du lässt dieses *Ding* hier herein? Wieso?"

Paladin knurrte zornig, als Flaubert sie ein „Ding" genannt hatte. Ihre Augen - die Augen des Tiers - leuchteten groß und gelb und hatten ihn fixiert wie eine zur Beute auserkorene Feldmaus. „*Ding?*", fragte Paladin knurrend und ihre Stimme überschlug sich beinahe vor Wut.

„Beruhigt euch alle wieder!", befahl Blake und stand auf. Er nahm seinen Mantel und zog ihn sich über. „Warum sie das Mädchen wollten, finden wir noch heraus. Wichtig ist im Moment nur, dass sie den Schlüssel nicht bekommen und dass wir das letzte Teil des Puzzles holen."

„Letztes Teil?", fragte Mac Lane überrascht.

„Du sagtest doch es wären *zwei* Teile oder nicht?", fragte Flaubert, dessen Zustand sich allmählich besserte.

„Ja", sagte Blake und nickte. „*Zwei Teile* eines *Schlüssels*. Was wir noch brauchen ist das passende Schloss."

„Du willst ihn benutzen?", fragten die drei Übrigen verwundert und starrten Blake erschrocken an.

3

„Natürlich", sagte Blake wie selbstverständlich. „Ich will *das Artefakt* ein für alle Mal vernichten, nicht nur den Schlüssel", beteuerte er.

„Vielleicht solltest du uns langsam mal erzählen, was dieses Artefakt eigentlich so gefährlich macht. Immerhin riskieren wir schon seit Tagen andauernd unser Leben für diesen dämlichen Schlüssel", sagte Mac Lane ernst und starrte Blake, entschlossen eine Antwort zu erhalten, an.

„Er hat Recht", brummte Paladin und verschränkte die Arme vor der Brust. „Ich finde wir sollten ihnen sagen was wir wissen."

„Wie bitte? Sagte sie „wir"?", fragte Flaubert und wedelte mit dem ausgestreckten Zeigefinger wild in Richtung Paladin. Er trat einen Schritt auf Blake zu. „Soll das etwa bedeuten, dass selbst dieser verdammte Pekinese von Anfang an alle Informationen hatte, nur wir nicht?"

Paladin war mit einem langgestreckten Sprung über den Tisch gehechtet. Sie hatte Flaubert in einer fließenden Bewegung mühelos zu Boden geworfen. Noch im Sprung hatte sie ihre Gestalt verändert, so dass sie in ihrer Bastet-Gestalt über ihm hockte. Paladins ganzer Körper bebte vor Wut. Ohne die geringste Mühe drückte sie Flauberts Arme fest hinab, so dass es ihm nicht möglich war Gegenwehr zu leisten. „Wen nennst du *Pekinese*, du Zecke!?" Zorn tobte durch ihre gelben Augen.

Fast genauso schnell wie Paladin bei Flaubert, war Mac

157

Lane zur Stelle. Flink wie immer hatte er seine Waffe gezogen und presste Paladin die Mündung an ihre Schläfe, noch ehe sie zu Ende gesprochen hatte. „Lass sofort meinen Freund los, *Kitty*!", sagte Mac Lane mit versteinerter Mine.

„Nimm du sofort das Spielzeug aus meinem Gesicht, sonst zerlege ich dich als nächsten", fauchte Paladin, ihre zornigen Augen weiterhin starr auf Flaubert gerichtet, der vehement versuchte, sich aus ihrem eisernen Griff zu winden.

„Dieses „Spielzeug" hier kann dekorative Löcher zaubern, besonders, seit ich Silberkugeln geladen habe. Sei also so nett, *Muschi*, und schieb' deinen pelzigen Arsch von ihm runter und husch, husch ins Körbchen!"

„Niedlich – aber nutzlos, Kleiner", zischte Paladin und ließ ihr kehligstes, dunkelstes Knurren hören.

„Schluss jetzt!", sagte Blake im Befehlston. „Steck' deine Waffe weg." Er warf Mac Lane einen strengen Blick zu, der seine Waffe daraufhin widerwillig senkte und einen Schritt zurücktrat.

„Und du gehst runter von ihm!", befahl er an Paladin gewandt.

Paladin rührte sich nicht.

Blake beugte sich in seinem Sessel nach vorne. „Runter von ihm!", wiederholte er mit fester Stimme deutlich lauter.

„Das vergesse ich nicht so schnell", knurrte Paladin und stieg langsam von Flaubert. Als sie sich aufgerichtet hatte, sah sie Mac Lane finster an. „Wenn so etwas nochmal passiert, zerfetze ich euch in der Luft, daran wird auch er", sie nickte flüchtig in Richtung Blake, während ihre menschliche Gestalt langsam wieder Form annahm, „nichts ändern können."

„Da ihr noch eine Weile miteinander zu tun haben werdet, schlage ich vor, ihr hört mit diesem Kindergarentheater auf und lernt stattdessen schleunigst zusammenzuarbeiten. Verstanden?", fragte Blake rhetorisch, stand auf und ging um seinen Schreibtisch herum. Neben Paladin blieb er schließlich stehen und blickte stumm in die Runde. Er war sich nicht sicher, ob diese Teamaufstellung wirklich so eine gute Idee war, aber im Moment blieb ihm nichts anderes übrig.

„Wenn ich nicht wüsste, was auf dem Spiel steht", fauchte Paladin und ihre stolzen Augen funkelten Blake zornig an. „Und wenn *du* nicht wärst, wer du *bist*!" Sich herumkommandieren lassen zu müssen gefiel ihr nicht, ganz egal von wem und egal, was einmal zwischen ihnen war. „Ich hoffe, deine beiden …", Paladin machte eine Pause und atmete tief durch, um sich zu beruhigen. Sie schluckte das Wort hinunter, das ihr gerade in den Sinn gekommen war. „Das deine *Leute* sich mit der Situation zurechtfinden werden."

„Das werden sie", versicherte Blake und nickte. Schließlich wandte er sich an Flaubert und Mac Lane, denen man deutlich ansehen konnte, was sie von der Idee hielten mit Werwölfen zusammenarbeiten zu müssen. Begeisterung sah anders aus. „Das werdet ihr doch, hab' ich Recht?", wiederholte Blake unmissverständlich.

„Haben wir denn eine andere Wahl?", fragte Flaubert schnippisch und warf Paladin einen angewiderten Blick zu, während Mac Lane nur widerwillig nickte.

„Nein", sagte Blake überflüssiger Weise. „Das habt ihr nicht."

„Da wir das jetzt also geklärt hätten", sagte Mac Lane auffordernd.

Paladin warf Blake ebenfalls einen auffordernden Blick zu. „Na los. Sag' s ihnen schon!" Sie verschränkte erneut die Arme vor der Brust und betrachtete Flaubert und Mac Lane, um deren Reaktion zu studieren.

Blake nickte stumm.

4

„Ende des neunzehnten Jahrhunderts wurde der Photograph und Hobby-Archäologe Augustus Le Plongeon durch seine Nachforschungen über die Zivilisation der Maya bekannt", begann Blake zu erzählen. „Le Plongeon berichtete in seinen Werken davon, dass er bei seinen Studien auf Yukatan Maya-Aufzeichnungen übersetzt haben will, die darauf hindeuten, dass ihre Kultur weit älter ist, als bislang vermutet."

„*Wie* alt?", fragte Flaubert neugierig.

„Älter als die Kultur der Ägypter und selbst älter als die Kultur der Atlanter", sagte Blake.

Mac Lane und Flaubert tauschten erstaunte Blicke.

„Moment mal. Was heißt denn älter als die Kultur der Atlanter? Atlantis ist doch nur ein Mythos", erhob Flaubert Einwand. „Oder?"

„Nein. Atlantis hat existiert." Blake tätschelte die Oberfläche des Opferaltar-Schreibtisches und grinste zufrieden. „Dieser Altar stammt von dort."

„Äh, Boss, bist du dir da sicher?", fragte Flaubert und versuchte möglichst höflich zu klingen, sah Blake dabei aber an, als ob der sie nicht mehr alle hätte.

„Ganz sicher", versicherte Blake. „Ich habe ihn schließlich selbst von dort gestohlen."

Flaubert und Mac Lane tauschten erneut schnelle, ungläubige Blicke. Flaubert nahm unaufgefordert auf einem der beiden Sessel Platz, die vor dem Opferaltar-Schreibtisch standen.

Paladin konnte sich ein Grinsen nicht verkneifen und schüttelte den Kopf. Sie hatte insgeheim immer geahnt, dass Blake weder diesen beiden, noch sonst vielen anderen ehrliche Auskunft darüber gegeben hatte, wie alt *er* wirklich war. Blake war schon uralt gewesen, als Paladin ihn vor über zehntausend Jahren kennengelernt hatte und auch sie war schon damals sehr alt gewesen – sehr, sehr alt.

„*Bevor* oder *nachdem* es untergegangen ist?“, fragte Mac Lane, wartete kurz und fügte kleinlaut hinzu: „Du hast es nicht vielleicht selbst versenkt?“

„Bevor“, sagte Blake knapp, schüttelte den Kopf und lachte. „*Natürlich* habe ich Atlantis nicht versenkt.“

Mac Lane und Flaubert sahen einander an und fanden das Lächeln auf Blakes Gesicht nicht gerade vertrauenswürdig.

„Wie alt bist du eigentlich?“, fragte Flaubert nun direkt, während Mac Lane eher die Ansicht vertrat, dass sie diese Information nichts anging. „Und warum findet sie das nicht genauso erstaunlich?“ Flaubert deutete auf Paladin, die, in Gedanken versunken, dastand und grinste.

„Spielt keine Rolle“, sagte Blake harsch. „Und auch Atlantis spielt hier keine Rolle, also beruhigt euch und lasst mich ausreden.“

„Atlantis… “, murmelte Flaubert fassungslos.

5

„Le Plongeon behauptete in seinen Arbeiten, die Kultur der Maya sei von Überlebenden eines anderen versunkenen Kontinents gegründet worden“, erklärte Blake. „Überlebenden des Kontinents Mu.“

„Muh?“, fragte Flaubert. „So wie „Muh“ bei Kühen?“

„“Mu“ ist die mittlere Silbe des Wortes „Lemuria“, was der eigentliche Name des Kontinents ist, der vor tausenden von Jahren im Gebiet zwischen Indien und Südamerika gelegen haben soll“, führte Mac Lane aus.

Flaubert, Blake und Paladin starrten ihn überrascht an.

„Was ist? Darf ich nicht auch mal was wissen? Oder war das nicht richtig?“, erkundigte sich Mac Lane überrascht.

„Doch, doch", versicherte Blake noch immer sichtlich überrascht und beeindruckt. „Aber woher weißt *du* von Lemuria?"

„Aus alten Sciencefiction-Comics. Mu war die Heimat der ersten Menschheit, bevor es nach einem gewaltigen Krieg in den Fluten des Meeres versank."

„Tja", sagte Blake erstaunt. „Die Sache ist nur, dass das alles keine Sciencefiction ist. Lemuria war tatsächlich die Heimat der ersten Menschheit und Le Plongeon hatte recht damit, dass die Maya von der „Ersten Menschheit" abstammen. Was er nicht wusste war, dass Mu nicht ausschließlich von diesen Menschen bewohnt wurde. Sowohl auf Mu, als auch auf Atlantis lebten zu jener Zeit nicht nur Menschen, sondern auch andere Wesen, von hoher Intelligenz und fortschrittlichem Wissen auf den verschiedensten Gebieten der Wissenschaft."

„Andere Wesen… ", murmelte Flaubert nachdenklich und fragte sich, wie diese Rasse wohl ausgesehen haben könnte.

„Naga", sagte Blake. „Im Grunde ein menschenähnlicher Oberkörper auf einem geschuppten, langen Schlangenkörper, der ursprünglich partiell von roten und goldenen Federn bedeckt war. Doch kommen wir zurück zu Mu. Wie ich gerade zu erklären versuchte, versank Mu nicht als Folge eines Krieges im Meer, sondern", Blake pausierte abrupt. Er zögerte noch, ob er den anderen wirklich mitteilen sollte was er wusste.

Draußen waren die vereinzelten Regentropfen in der Zwischenzeit zu einem heftigen Regen herangewachsen. Man konnte deutlich hören, wie der Wind, der um den hohen Turm zischte, eine Welle Regentropfen nach der anderen an dessen blanke Fassade warf. Donnergrollen ertönte in der Ferne und unterbrach die Stille.

„Na?", fragte Flaubert ungeduldig.

Blake hatte sich entschieden. „Auch die Menschen von Mu waren sehr fortschrittlich und hoch entwickelt gewesen", fuhr er schließlich fort. „So hoch, dass sie bereits über komplexe Technologie verfügten." Blake blickte in die Runde, von einem fassungslosen Gesicht zum nächsten. Einzig Paladin schien nichts von allem mehr zu überraschen. „Trotz ihrer fortschrittlichen Lebensweise, beteten die ersten Menschen eine Vielzahl der verschiedensten Götter an. Zwei ihrer Götter - Kukulcan, die gefiederte Schlange, und Hunahau, die Personifikation des Unheils - waren, im Gegensatz zu ihren übrigen Göttern, aber reale Wesen."

„Was?" Flaubert lehnte sich in seinem Sessel nach vorne und tippte hektisch mit dem Zeigefinger auf der Platte des Opferaltars herum. „Soll das heißen, dass *drei* Götter über unsere Welt wachen?"

„Nein. In mehrfacher Hinsicht", sagte Blake belehrend und seufzte. „Ihr werdet es verstehen, wenn ihr mich endlich ausreden lasst. Also, Kukulcan und Hunahau, waren zwar Wesen von göttlicher Macht, stammten aber nicht von diesem Planeten."

„Aliens?", fragte Mac Lane verwundert, der unterdessen seine Hand in die Manteltasche geschoben hatte und seinen Hamster streichelte.

„Mehr oder weniger", sagte Blake und verzog das Gesicht bei dieser sehr pauschalisierenden Bezeichnung. „Es gibt viele dieser Wesen, den Großen Alten, die in den Tiefen des Universums oder in anderen Dimensionen leben und herrschen oder schlafen oder gefangen sind. Woher diese beiden Götter stammten, kann ich nicht sagen. Was ich weiß ist, dass beide den Lebensformen dieses Planeten freundlich gesonnen waren, ungeachtet der Rolle, die sie als jeweiliger Gott verkörperten. Ein Verhalten das im totalen Gegensatz zur Natur der meisten anderen Großen Alten steht. Untypischer Weise, teilten sie sich die Herrschaft über ihre sterblichen Untertanen."

„Aber warum haben die ersten Menschen eine Schlange angebetet? Und wie konnten sie mit Schlangenmenschen zusammen leben? Und warum kam Kukulcan überhaupt auf die Idee, sich in die Götterwelt der Menschen einzumischen?", fragte Flaubert, der zusehends nervöser wurde und dem die Geschichte, die Blake erzählte, immer unglaublicher vorkam.

„Vielleicht erzählt er es uns ja, wenn du ihn endlich in Ruhe ausreden lässt", fuhr Mac Lane Flaubert an, der sich daraufhin auf den Schlips getreten fühlte und sich schmollend zurücklehnte.

„Danke", sagte Blake. „Um auf deine Frage zurückzukommen: die Menschen von Mu lebten mit den Schlangenmenschen zusammen, weil sie in ihnen Abgesandte ihres Gottes Kukulcan sahen, der seine Kinder unter den Sterblichen leben ließ, um diese zu ehren und zu schützen.

Über die Jahrhunderte hinweg blieb ein empfindliches Gleichgewicht der Kräfte zwischen Kukulcan und Hunahau erhalten, solange, bis sich die dritte, fremde Macht einmischte. Ein weiterer Großer Alter war auf unseren Planeten gekommen.

Im Gegensatz zu Kukulcan und Hunahau, war dieses Wesen jedoch nicht im Geringsten daran interessiert Macht mit anderen zu teilen. Dieses Wesen, Vergoth`xul, war begierig darauf versessen, diesen Planeten an sich zu reißen. Vergoth`xuls eigenes Gefolge hatte unterdessen Besitz von vielen Menschen ergriffen und sie die Saat des Misstrauens unter den Sterblichen säen lassen. Sie brachten die Menschen dazu, beinahe ihre ganze Aufmerksamkeit ausschließlich Kukulcan zu widmen, wohl wissend, dass Hunahau früher oder später eifersüchtig werden und handeln würde.

Und Vergoth`xuls Plan ging auf. Als Hunahau kaum noch eigene Anhänger unter den Sterblichen fand und sah, dass sich die Sterblichen reger denn je zuvor um Kukulcan scharten, wurde er rasend vor Eifersucht und lieferte sich einen erbitterten Kampf mit Kukulcan. Auf dem Höhepunkt ihrer Schlacht verließ Vergoth`xul schließlich seinen Platz als Beobachter und griff ein. Durch ihren Zweikampf geschwächt, stellten die beiden Ex-Götter keine Gefahr mehr für ihn dar. Zusammen mit seinem Gefolge, angeführt von seinen beiden stärksten Kriegern, Lucx`ifr und Micc`ha`al, griff er die Geschwächten an. Ein erbitterter Kampf entbrannte, an dessen Ende Hunahau sein Leben aushauchte.

Kukulcan, tödlich verwundet, schaffte es dennoch zu fliehen und sich, in menschlicher Gestalt, irgendwo auf der Welt zu verstecken.“

7

„Das kann doch nicht sein. Wenn das stimmt, müssten wir doch heute noch immer von diesem Vergoth`xul regiert und tyrannisiert werden oder irre ich mich da? Und was ist mit diesen… “ fragte Mac Lane neugierig.

„Halt einfach die Klappe und lass ihn zu Ende erzählen, ok?“, unterbrach ihn Paladin, die die ganze Zeit über schweigend zugehört und keinen Muskel bewegt hatte. Einzig ihre Augen verrieten, was in ihr vorging.

„Danke“, sagte Blake und nickte Paladin zu. „Nachdem seine Feinde tot und geflohen waren, offenbarte sich Vergoth`xul den Menschen von Mu und verkündete, dass fortan er ihr *einziger, wahrer Gott* sei und dass er sie alle wie seine eigenen Kinder liebe. Vergoth`xul war praktisch süchtig nach der Huldigung und Anbetung durch seine Untergebenen und liebte es, in ihr zu baden.

Die Menschen von Mu jedoch weigerten sich den Mörder ihrer Götter anzubeten und ihn als ihren neuen und einzigen Gott anzuerkennen.

Eine Weile lang versuchte Vergoth`xul, der sich selbst als großen Erretter der Menschheit ansah, die Menschen auf freundliche Weise davon zu überzeugen, ihn als Gott anzuerkennen, doch die Menschen von Mu weigerten sich.

Zornig über diese offene Ablehnung, demonstrierte Vergoth`xul seine Macht in erschreckendem Maße und ließ verheerende Naturkatastrophen über Mu hinwegfegen. Als nach diesem Beweis seiner Macht, von einigen wenigen abgesehen, die Menschen von Mu noch immer nicht bereit waren, diesen tyrannischen, selbstherrlichen Gott als solchen anzuerkennen, vernichtete er den gesamten restlichen Kontinent und ließ seine Ruinen tief im Meer versinken.

Einige wenige Überlebende aber hatten es geschafft sich in anderen Teilen der Welt neu anzusiedeln, so auch in Mittelamerika und auf Atlantis.

Vergoth`xul war besessen von der Vorstellung als Gott verehrt zu werden und der Menschheit den Frieden zu bringen – zumindest, was *er* darunter verstand. Er verfolgte alle die seinem Zorn entkommen waren gnadenlos."

„Der Menschheit Frieden bringen?", fragte Mac Lane ungläubig. „Wie passt denn das zusammen? Erst versucht er alle dazu zu zwingen ihn anzubeten und dann, als das nicht klappt, vernichtet er sie einfach. Wo ist denn da der Frieden? Oder hab' ich den Teil verpasst?"

„Vergoth`xul hatte die Vorstellung einer perfekten Welt, deren einziger, unantastbarer Gott er war. Im Glauben an ihn vereint, sollte ein Utopia entstehen, das ganz seinem Willen und seiner Vorstellung von Gut und Böse unterworfen war. Doch zwei Dinge waren Vergoth`xuls Aufmerksamkeit entgangen. Zwei Dinge, die ihn die Herrschaft über die Erde kosten sollten.

8

Kurz vor dem endgültigen Ende seiner Existenz, hatte Hunahau den verbleibenden Teil seiner Lebenskraft und einen Teil seines Geistes auf Lucx`ifr übertragen, denn Hunahau war aufgefallen, dass Vergoth`xuls Diener im tiefsten Inneren mit dem Handeln und den Ansichten seines Meisters nicht übereinstimmte.

Der zweite Punkt war, dass Kukulcan am Ende ihres Kampfes einen mächtigen Bann über Vergoth`xul gelegt hatte. Der Bann hatte begonnen Vergoth`xuls Geist zu schwächen.

Lucx`ifr sah seine Chance gekommen und stahl das Geheimnis der Schöpfung aus Vergoth`xuls Geist, als dieser schlief. Im Besitz dieses mächtigen Wissens floh Lucx`ifr in die Dimension, die den Sterblichen als Mitnal bekannt war. Mitnal war das Reich der Toten, die neunte Ebene der Unterwelt der Maya und der tiefste, dunkelste, angsteinflößendste Teil der gesamten Unterwelt, in das nur die Seelen derjenigen Toten eingingen, die zu Lebzeiten Böses getan hatten. Lucx`ifr plante hier seine eigene Armee zu erschaffen und Vergoth`xuls Würgegriff um den wehrlosen Planeten zu lösen.

Während Lucx`ifr seine eigene Armee erschuf, war Kukulcan an einem anderen Ort auf der Erde ebenfalls nicht untätig. Der sterbende Gott hatte beschlossen die letzte ihm verbleibende Kraft zu nutzen, um Vergoth`xul eine seiner mächtigsten Waffen zu nehmen, seine Armee. Unter Aufbietung aller übrigen Macht schuf Kukulcan ein wirkungsvolles Artefakt, das dazu in der Lage war, jede Form von Leben, das Vergoth`xul zu erschaffen in der Lage war, auf einen Schlag unwiederbringlich zu vernichten.

Doch Kukulcan war verraten worden.

9

Einer der Diener Vergoth`xuls hatte es geschafft sich unter die wenigen Vertrauten des sterbenden Gottes zu mischen und berichtete seinem Herrn von den Plänen Kukulcans.

Anstatt die Fertigstellung des Artefakts zu verhindern, ersann Vergoth`xul einen hinterlistigen Plan. Um das Artefakt für sich selbst nutzbar zu machen, beauftragte Vergoth`xul seinen Diener während der Erschaffungszeremonie des Artefaktes ein eigenes Ritual durchzuführen.

Geschwächt wie Kukulcan war, durchschaute er den hinterhältigen Verrat nicht und Vergoth`xuls grausamer Plan ging auf. Das Artefakt, dazu erdacht, die Welt vor den Schergen Vergoth`xuls zu bewahren, wurde nun zu seiner mächtigsten Waffe. Der Schädel Kukulcans oder auch Schädel der Schlange, wie das Artefakt genannt wurde, tat im Grunde noch genau das, wozu es bestimmt war, nur mit einem gravierenden Unterschied: Anstatt Vergoth`xuls Diener zu vernichten, waren seine Diener nun die einzigen Lebewesen die der Macht des Schädels widerstehen konnten. Für jede andere Form von Leben bedeutete das Artefakt den sicheren Tod. Doch das Artefakt sollte nie in Vergoth`xuls Besitz gelangen.

10

Selbst im entfernten Mitnal war Lucx`ifr das Treiben seines ehemaligen Herrn nicht verborgen geblieben. Lucx`ifr hatte genügend Zeit gehabt eine schlagkräftige Armee zu erschaffen und so beschloss er, dass dies der rechte Zeitpunkt war, um seinen Schöpfer, der durch die Manipulation des Artefakts einen großen Teil seiner Kraft verbraucht hatte, zu vernichten.

Lucx`ifr und seine Armee fingen den Boten des Artefakts ab und brachten es in ihren Besitz.

Vergoth`xul und seine treuen Untergebenen, unter der Führung Micc`ha`als, stellten sich den Angreifern entgegen und trugen eine blutige Schlacht aus, an deren Ende es nur drei Überlebende gab. Vergoth`xul, Micc`ha`al, und Lucx`ifr.

In einem verzweifelten Kampf versuchte Lucx`ifr allein gegen den geschwächten Vergoth`xul und Micc`ha`al zu bestehen und schaffte es, dank der Kraft des Totengottes, die ihn durchströmte, beiden schwere Wunden beizubringen, bevor er sich selbst in Sicherheit bringen musste. Bevor er fliehen konnte, übertrug Vergoth`xul eine Kopie des Banns, der ihn langsam aber sicher einschläferte, auf Lucx`ifr.

Schwer verwundet, aber im Besitz des Artefakts, schaffte Lucx`ifr es zu Kukulcan zu gelangen, dessen Essenz bereits zu verblassen begann. Gemeinsam schafften es beide ein Portal zu öffnen, auf dessen anderer Seite sie das Artefakt, gut bewacht von den Nachkommen Kukulcans, verbargen. Ein Schlüssel wurde geschaffen, ohne den das Artefakt fortan wirkungslos sein sollte. Schließlich teilten beide den Schlüssel und schleuderten seine Stücke in die Welt hinaus.

Als sich Kukulcans Essenz – wie es schien – endgültig verflüchtigt hatte, kehrte Lucx`ifr nach Mitnal zurück, ohne zu ahnen, dass Vergoth`xul die Pforte zwischen den Dimensionen für Lucx`ifr endgültig hinter ihm schließen und ihn so in Mitnal einsperren würde.

Nachdem die Pforte nach Mitnal geschlossen war, sank Vergoth`xul in tiefen Schlaf, in dem er noch heute liegt.

11

Lucx`ifr unterdessen erschuf in Mitnal neues Leben. Er schuf siebzehn Kinder und schickte sie in die Welt der Sterblichen. Obwohl er selbst in Mitnal gefangen war, vermochte er es doch Pforten für andere zu öffnen.

Als schließlich sein siebzehntes Kind das Reich Mitnal verlassen hatte, war Lucx`ifr erschöpft. Der Bann, der auf ihm lag, schläferte ihn ein. Und so ruht auch er noch heute in Mitnal.

Und das ist es, was wir suchen: Der Schädel von Kukulcan. Ich hoffe ihr versteht, warum es so außerordentlich wichtig ist, dass wir den Schädel finden."

12

„Aber selbst wenn die Engel den Schädel finden sollten, würde es sie nicht genau so vernichten wie uns?", fragte Mac Lane verunsichert.

„Nein", sagte Blake und Flauberts Gesicht wurde immer bleicher.

„Soll das etwa heißen, dass Engel immun sind?", stotterte Flaubert und seine weit geöffneten Augen zitterten.

„Ja, leider", bestätigte Blake.

Flaubert sah Mac Lane an, der nun auch zu verstehen schien, was Flaubert bereits klar geworden war. „Boss, dieser Vergoth`xul, war der noch unter einem anderen Namen bekannt?" Beide fürchteten sich vor der Antwort, waren sich aber insgeheim sicher, sie schon zu kennen.

„Vergoth`xul hat es am Ende doch geschafft. Er ist das Wesen, welches seit über zweitausend Jahren Anbetung erfährt und heutzutage sogar von Millionen von Menschen weltweit. Ja - Vergoth`xul ist „Gott"."

13

„Nein… ", flüsterte Flaubert leise. Das blanke Entsetzen stand ihm ins Gesicht geschrieben.

„Dann sind Micc`ha`al und Lucx`ifr also… ", schlussfolgerte Mac Lane.

„Ja, Michael und Luzifer", sagte Blake gelassen.

Eine Weile herrschte Schweigen. Flaubert und Mac Lane starrten Blake an. Was er ihnen erzählt hatte musste erst einmal verdaut werden.

„Also schön", brachte Flaubert schließlich heraus und sprang auf. „Holen wir uns das verdammte Ding!" Er schlug die geballte Rechte in seine flache linke Hand.

„Moment Mal, nicht so schnell!", beschwichtigte ihn Mac Lane und warf einen ernsten Blick in die Runde. „Das ist ja alles schön und gut, aber da wäre noch eine Kleinigkeit, die ihr vielleicht unterdessen vergessen habt." Mac Lane sah zu Blake hinüber, der fragend zurückblickte. „Was wird aus Misato?"

„Im Augenblick haben wir Wichtigeres zu tun", sagte Blake unmissverständlich. Er zog seinen Mantel gerade und ging dann zwischen Flaubert und Mac Lane hindurch in Richtung Tür.

Mac Lane hatte beherzt nach Blakes Arm gegriffen, als der vorbeigehen wollte und hielt ihn fest. Seine zornfunkelnden Augen waren fest auf Blake gerichtet; der aber blickte nur gleichgültig zurück. „*Dir* bedeutet sie vielleicht nichts, mag sein, aber *ich* habe ihr ein Versprechen gegeben! Mir ist völlig egal, *wer* oder *was* du bist oder *wie alt* du vielleicht bist – ich werde Misato da rausholen, verstanden?!"

Blake grinste beeindruckt und sah Mac Lane mit einem Blick an, wie er es nie zuvor getan hatte: Zum allerersten Mal konnte er Respekt in Blakes Augen erkennen. Mac Lane ließ Blakes Arm los.

„Das kannst du auch, aber später", sagte Blake mit fester Stimme, darum bemüht, sich den freundlichen Ausdruck vom Gesicht zu wischen.

„Später?", fragte Mac Lane empört. „Später lebt sie bestimmt nicht mehr. Wer weiß… "

„Beruhige dich", sagte Blake dessen Ton und Gesichtszüge wieder ernste Form angenommen hatten. „Ihr wird schon nichts passieren. Denk mal nach, wenn die sie hätten töten wollen, hätten sie sich nicht die Mühe gemacht sie erst zu entführen. Verstanden?"

Mac Lane sah von Blake zu Flaubert hinüber, der zustimmend nickte und wandte sich dann wieder Blake zu. *Vermutlich haben sie recht*, dachte er und seufzte. „Na gut. Holen wir uns das fehlende Teil und sobald wir es haben, holen wir Misato."

Blake nickte, dann ging er weiter in Richtung Tür.

14

„Aber wer sind dann diese anderen Typen?" Flaubert war aufgestanden und hatte Blake die Frage hinterhergeworfen. „Du weißt schon, diese roten Echsenfutzies. Was haben die damit zu tun?"

„Wie schon gesagt, Vergoth`xul, Kukulcan, Hunahau, sind bei Weitem nicht die einzigen Vertreter ihrer Art. Es gibt unzählige andere Große Alte, jeder mit seinem eigenen Gefolge. Es gibt Möglichkeiten – Rituale - um diese Wesen zu wecken oder in unsere Welt zu beschwören und ich nehme an, dass genau das passieren soll. Ich weiß nicht – noch nicht – zu wem diese Typen gehören, aber bestimmt bereiten sie sich darauf vor, *ihren* „Gott" in diese Welt zu rufen."

„Wozu brauchen sie dann das Artefakt?", wollte Flaubert wissen und blickte angestrengt nachdenkend in die

Runde.

„Sie könnten es einfach in ihren Besitz bringen wollen, um zu verhindern, dass es gegen sie eingesetzt wird. Sie könnten aber auch den Plan haben, den Versuch zu unternehmen, die Funktion des Artefakts zu verändern, um an Stelle der Engel von seiner Kraft verschont zu bleiben. Vielleicht wollen sie es aber auch einfach als magischen Focus benutzen, um ihre Beschwörung zu vervollkommnen, immerhin beinhaltet das Auge einen Teil der Essenz des göttlichen Wesens Kukulcan. Sicher sagen kann ich das nicht, aber *eines* kann ich sehr wohl mit Sicherheit sagen: Wenn sie es in ihre Finger kriegen, sind wir nicht besser dran, als wenn Michael es in seine dreckigen Hände bekommt", erklärte Blake.

Nachdenkliches Schweigen erfüllte die Runde und besorgte Blicke wurden getauscht. Schließlich ergriff Paladin das Wort. „Hast du denn wenigstens eine Vorstellung davon, wo wir suchen müssen?"

„Eine vage, ja. Ich habe einen Hinweis auf den Verbleib des fehlenden Teils gefunden. Jemand, den ihr aufsuchen und befragen werdet", sagte Blake und zog ein Foto aus der Tasche, das er Mac Lane hinhielt.

„Wer ist das?", fragte Mac Lane und nahm das Foto.

„Prof. Dr. Tiago da Silva Moreira. Ein portugiesischer Archäologe, der sich eingehend mit den Maya Ruinen auf Yucatan beschäftigt hat und auf etwas gestoßen ist, was uns weiterhelfen könnte. Leider gibt es da ein kleines Problem."

„Na sicher doch, warum auch nicht. Es konnte ja nicht so einfach sein." Flaubert schüttelte sarkastisch lachend den Kopf. „Also was? Weißt du nicht, wo wir ihn finden können?"

„Nein, das ist es nicht. Ich weiß genau, wo ihr ihn finden könnt", sagte Blake grinsend.

„Was ist dann das Problem?"

„Er wird gegenwärtig in einer Irrenanstalt auf der Halbinsel Yucatan, in Mexiko, festgehalten. Sie liegt in der Nähe eines kleinen Dorfes, Culo del Mundo. Ihr werdet ihn also dort herausholen müssen."

„Oh, bitte nicht!" Flauberts Gesicht wurde um einiges bleicher. Verzweiflung hatte die Euphorie verdrängt, die noch kurz zuvor in seinen Augen geleuchtet hatte. „Bitte, nicht! Das kannst du mir nicht antun! Ich habe schon genug mit dem *einen* Irren zu tun, den du mir aufgehalst hast. Was bin ich denn? Eine Tagesmutter für Geisteskranke?"

„Ich bin nicht irre!", empörte sich Mac Lane in gewohnter Manier, trat auf Flaubert zu, gab ihm einen Schubs und verschränkte die Arme vor der Brust.

„Ach ja?", erwiderte Flaubert und schubste zurück.

Paladin warf Blake einen vielsagenden Blick zu. „*Und solche Leute lässt du für dich arbeiten?*", übermittelte sie in Blakes Gedanken.

Blake schüttelte seufzend den Kopf. „Aufhören! Beide!", rief er schließlich. „Ihr beiden seid schlimmer als alle von diesen gefiederten Spinnern zusammen. Ihr mit eurem Scheiß. Stück für Stück fresst ihr euch durch mein Nervenkostüm, wie eine Rotte hungriger Mäuse durch ein Käserad. Aber damit ist jetzt Schluss! Ihr reißt euch gefälligst zusammen oder ihr dürft Jack für einige hundert Jahre Gesellschaft leisten, verstanden?"

Beide waren schlagartig ruhig. Sie starrten Blake an und nickten.

„Sehr schön. Geht runter, holt euch Ausrüstung für den Regenwald und die Waffen die ihr braucht. Vergesst nicht, euch ein Satellitentelefon mitzunehmen. Wenn ihr alles habt, kommt ihr wieder hier rauf", erläuterte Blake.

„Wieder hier rauf?", fragte Flaubert. „Wieso?"

Blake sah ihn mit einem Blick an, der ihm zu verstehen gab, dass er einfach tun sollte was man ihm gesagt hatte, ohne Fragen zu stellen.

Flaubert nickte, gab Mac Lane einen sachten Klaps mit dem Handrücken auf den Oberarm und nickte in Richtung des Aufzugs. „Komm schon! Bringen wir' s hinter uns."

15

Als die Tür hinter den beiden ins Schloss gefallen war wandte sich Paladin an Blake. „Was hat es denn mit diesem verrottenden Nager auf sich?"

„Ich weiß es nicht", antwortete Blake wahrheitsgemäß und schüttelte den Kopf. „Aber ich vermute, es liegt an seiner Geistesstörung."

„Geistesstörung?", fragte Paladin und sah Blake ob seiner gelassenen Antwort verdutzt an.

„Ja", sagte Blake ruhig, als wäre nichts dabei. „Eine gespaltene Persönlichkeit. Es hat mit … *vermutlich* hat es mit dem Vorfall damals zu tun, als ich ihm das erste Mal begegnet bin. Er hat damals seine Familie verloren", erklärte Blake und Paladine war sich sicher, eine Spur echten Bedauerns in Blakes Stimme gehört zu haben.

„Seit eurer ersten Begegnung also?", fragte Paladin misstrauisch. „Hast *du* am Ende damit zu tun?"

Blake überging ihre Frage. „Ich glaube, seit er ihn gefunden hat, projiziert er irgendwie diese Persönlichkeiten auf den toten Hamster. Zumindest würde ich es an Hand dessen vermuten, was ich in seinen Gedanken lesen konnte." Blake kicherte leise. „Aber egal."

Kapitel 9

Die Reise beginnt

1

„Du hast sie nicht alle", sagte Mac Lane und trat aus dem Aufzug.

„Was denn? Ich brauche das Zeug", rechtfertigte sich Flaubert und verließ ebenfalls den Aufzug. Im Gegensatz zu Mac Lane, der seine Standardausrüstung um einen Rucksack, etwas Munition, ein Scharfschützen-Zielfernrohr, eine Machete und Gebrauchsgegenstände für eine Dschungelexpedition erweitert hatte, zog Flaubert zusätzlich zur gleichen Ausrüstung noch einen sehr langen, kistenartigen Metallkoffer hinter sich her.

„Geht nur rein, Jungs", sagte Yumi und machte eine große, blaue Blase mit ihrem Kaugummi, die knallend zerplatzte.

Mac Lane nickte kurz und öffnete die Tür. „Du hast sie nicht alle", wiederholte er entschlossen und trat ein.

„Ach, du kannst mich!", brummte Flaubert und folgte ihm, seinen Koffer hinter sich herschleifend.

„Wir haben alles", sagte Mac Lane direkt, ohne Gruß.

„Was zum ... ", sagte Blake und starrte auf Flauberts Gepäck. „Ihr sollt nur das fehlende Teil des Schlüssels holen - schnell rein und wieder raus. Ihr solltet nur das Nötigste mitnehmen und keinen zehntägigen Wellness-Urlaub verbringen."

„Dafür hätte er auch gar nicht das Gepäck", scherzte

176

Mac Lane.

„Ja", sagte Flaubert und war sich keiner Schuld bewusst. Sein Blick schweifte über den Koffer und den prallen Rucksack, dann zuckte er mit den Achseln und sah wieder hinüber zu Blake, der ihn ansah, als zweifele er an seinem Verstand. „Nur das Nötigste." Flaubert ging in Gedanken noch einmal durch, was er eingepackt hatte, um sicherzustellen, dass er auch wirklich nichts vergessen hatte.

Blake schüttelte den Kopf. „Pass mir nur gut auf die beiden Irren auf, in Ordnung?", fragte Blake und seufzte.

„Jetzt fang du nicht auch noch damit an! Ich bin nicht… ", sagte Mac Lane bestürzt, als Blake beschwichtigend die Hände hob und ihn unterbrach.

„Ich hab' mit *dir* gesprochen", sagte er und nickte Mac Lane zu.

„Oh! Verstehe", sagte Mac Lane und lächelte erleichtert, als ihm auffiel, dass Blake fassungslos - sacht den Kopf schüttelnd - an ihm vorbeistarrte. Mac Lane drehte sich um und sah, was Blake anstarrte.

Flaubert stand zwischen seinen Gepäckstücken und war völlig in Gedanken. Er tat so, als habe er ein Gewehr im Anschlag und gab hin und wieder Geräusche von sich, die wohl nach Waffenfeuer klingen sollten, gefolgt von gedämpften Schreien.

Mac Lane wandte sich wieder Blake zu. „Ich verstehe", wiederholte er. Er hielt kurz inne und sein Blick glitt suchend durch den Raum. „Wo ist denn …", fragte er.

„Gegangen", sagte Blake knapp. „Sie hat zu tun."

„Schön." Mac Lane nickte. Es war ihm ganz recht so. „Also, ich nehme an, du gibst uns den Jet?", fragte Mac Lane eilig, um das Thema auf etwas Nützlicheres zu bringen und grinste in Vorfreude darauf, einmal etwas Großes – etwas *wirklich* Großes - steuern zu können.

„Nein", sagte Blake und lache. „Nein, nein. Ihr kommt in den Genuss einer viel schnelleren, komfortableren Art

177

des Reisens."

Mac Lane stutze. „Viel … schneller?"

„Kommt mit", sagte Blake und ging hinüber zur Tür die seitlich aus seinem Büro in den Konferenzraum führte.

Mac Lane folgte Blake.

Als Flaubert bemerkte, wie sich beide in Bewegung setzten, packte er hastig sein Gepäck und eilte ihnen hinterher.

2

Die Fenster des langen Raums waren vollständig verdunkelt, so dass nicht der kleinste Lichtstrahl eindringen konnte. Der mehrteilige Konferenztisch war in seine Segmente zerlegt worden und stand an den Wänden aufgereiht.

In der Mitte des Raumes war ein großer, dreizehnstrahliger Stern auf den Boden gezeichnet worden. Mac Lane hatte keine Ahnung, womit man ihn gezeichnet hatte, doch der Stern gab ein unheimliches, blassgrünes Leuchten ab und schien leise zu summen.

Eine Menge Kerzen standen im Kreis um den Stern verteilt und sorgten für eine spärliche Beleuchtung.

„Stellt euch in den Kreis", befahl Blake. „Oh! Und nehmt die hier mit. Bei euch wird man sie nicht vermuten und vielleicht braucht ihr sie sogar." Eilig zog Blake die beiden Schmuckdöschen aus der Tasche, in denen sich die erbeuteten Schlüssel befanden. Er drückte sie dem staunenden Mac Lane in die Hand. „Und jetzt rein in den Kreis!"

Ohne ein weiteres Wort zu verlieren taten beide, was Blake ihnen gesagt hatte.

3

„Es geht los", sagte Blake und rollte einen Ärmel seines Mantels hoch. Mit einer schnellen Bewegung hatte er sich an einem seiner scharfen Eckzähne die Pulsader aufgeschlitzt und ließ das Blut daraus auf die Linien des Sterns fließen.

Als die ersten Tropfen von Blakes Blut den Stern berührten, wurde das Summen deutlich lauter und auch seine Farbe änderte sich von dem blassen Grün, zu einem kräftigen, leuchtenden Violett. Als schließlich alle Linien des Sterns violett leuchteten, stoppte der Blutfluss und der dünne Faden aus Blut, der sich von Blakes Handgelenk zum Boden spannte, kroch langsam wieder empor. So schnell, dass man es nicht einmal hatte sehen können, hatte sich die Wunde wieder geschlossen.

„Meldet euch, sobald ihr habt, was wir suchen, dann hole ich euch zurück. Und verhaltet euch verdammt noch mal unauffällig, verstanden? Also dann ... "

4

„Dad!" Yumi hatte die Tür zum Konferenzraum aufgestoßen und hastete eilig hinein. „Angus ist auf dem Weg nach oben, er müsste gleich hier sein!" Yumi bebte vor Aufregung am ganzen Körper, lächelte dabei aber freudig erregt. „Du wirst nicht glauben, was gerade passiert ist!"

„Dad?!", fragten Flaubert und Mac Lane erstaunt und starrten Yumi mit offenen Mündern an, sahen wieder zu Blake, wiederholten ihre Frage und blickten schließlich wieder Yumi an, noch bevor einer von beiden etwas sagen konnte.

„Was ist los?", fragte Blake, als aus dem Vorraum das Klingeln des Aufzugs zu hören war.

Angus kam, so schnell es ihm möglich war, aus dem Fahrstuhl gehumpelt und direkt in Blakes Büro gestolpert. „Junge!", rief er aufgeregt. Fassungslosigkeit und Panik standen ihm deutlich ins Gesicht geschrieben. „Es geht los!"

„Was geht los?", fragte Blake und blickte Angus tief in die Augen. „Was?!", rief er schließlich, als eine gewaltige Explosion die Wände des Towers zum Beben brachte.

„Was ist denn los?", fragte Flaubert und sprang auf.

„Sie kommen!", sagte Blake. „Sie versuchen tatsächlich sich den Schlüssel zu holen. Yumi, hol' deine Waffen und mach dich kampfbereit!"

„Schon dabei, Pops!", sagte sie zwinkernd und eilte davon. Yumi hüpfte auf und ab wie ein Gummiball. „Was für ein Tag! Erst kommt uns Mom besuchen und dann das!" Die Aussicht ein paar Engel zu töten versetzte sie in helle Freude.

„Und nenn' mich nicht so!", rief Blake ihr nach. „Angus, du gehts nach unten in den Sicherheitsbereich!"

„Warum das ganze Theater?", fragte Flaubert.

„Ganz einfach", sagte Blake entschlossen. „Ich werde die Sicherheitsbeschränkung aufheben."

„Was?!", riefen Angus und Mac Lane entsetzt. „Ist das dein Ernst?"

„Was ist denn los? Redet mal jemand mit mir?", fragte Flaubert, der keine Ahnung hatte, was vor sich ging. Mac Lane hingegen schien bestens informiert zu sein.

„Er will das Bannsiegel aufheben, das über dem Tower liegt", sagte Mac Lane entsetzt.

„Ich verstehe nur Bahnhof", sagte Flaubert und zuckte mit den Schultern. „Was denn für ein Bannsiegel?"

„Die Wände im Foyer", sagte Mac Lane. „Der ganze Turm ist dämonisch beseelt. Beim Bau des Turms hat Blake einen ziemlich ungemütlichen Dämon an die Substanz des Gebäudes gebunden, der den Turm gezwungener Maßen verteidigt. Nur leider unterscheidet das Biest nicht zwischen Angreifern und uns, es geht einfach auf alles los."

„So ist es", sagte Blake kalt lächelnd. „Es gibt aber sichere Bereiche innerhalb des Towers und darunter, dazu gehören diese Ebene und einige im unteren Bereich, wie die Forschungsebene."

„Junge, wenn ich hier drauf gehe, werd' ich echt sauer, verstanden?", sagte Angus und eilte los.

„Warte!", rief Mac Lane ihm nach. „Was ist mit Misato?" Doch Angus war bereits weg.

Blake ging hinüber zu einem roten Schalter an der Wand. Er war, wie ein Feuermelder, hinter Glas installiert, damit er nicht versehentlich – oder zum Spaß – betätigt werden konnte. Blake schlug einfach mit der Faust durch die Scheibe.

Eine Sirene ertönte und eine Stimme verkündete: „Die Sicherheitsbeschränkung des Turms wird aufgehoben. Alles Personal begibt sich umgehend in den Sicherheitsbereich. Die Aufhebung der Sicherheitsbeschränkung erfolgt in drei Minuten. Es wird keine weitere Warnung geben."

„Ich glaube wir müssen dann langsam los", sagte Flaubert und zappelte nervös hin und her. Er verspürte nicht die geringste Lust noch hier zu sein, wenn Blake das Bannsiegel löste, sicherer Bereich hin oder her.

„Du hast recht." Blake trat an den Rand des Sterns und blieb mit gespreizten Armen stehen. Seine Umrisse begannen zu verschwimmen und dunkler zu werden. Finsterer Nebel tropfte wie Flüssigkeit von Blake hinab auf den Stern. Der schwarze Nebel kroch über den Boden und bildete eine runde Fläche unter Mac Lane und Flaubert. Von einem Augenblick auf den nächsten, waren beide verschwunden und Blake sank auf ein Knie. „Diese Art des Reisens ist einfach nicht für so weite Strecken gedacht", keuchte er und raffte sich wieder auf.

181

„Beeil dich, Dad, wir haben nicht mehr viel Zeit, wenn wir noch runter wollen", sagte Yumi, die sich Waffen und Rüstung anlegte.

„Unsinn!", sagte Blake. „Ich bleibe hier und beschäftige diesen Diktator, ihr geht allein!"

„Aber ... ", stutzte sie. „Deine Wunde?"

„Kein aber. Geht schon! Das Bannsiegel ist nicht an diesen Schalter gebunden, das ist nur eine Bandansage. Das *Siegel* ist an *mich* gebunden und bricht erst, wenn ich es freigebe – *oder sterbe*. Also verschwindet hier."

Yumi nickte widerwillig, tat dann aber, was Blake ihr gesagt hatte.

5

Blake eilte zurück in sein Büro, hinüber zu seinem Schreibtisch. Er zog flink den Handschuh von seiner rechten Hand und legte ihn auf die Platte des Altars. Ein schwarzes, mit Runen verziertes Bannsiegel kam auf dem Handrücken zum Vorschein. Ein leises Flüstern erfüllte die Luft.

„*Hungrig. So hungrig. Gib mich ... frei. Will töten ... fressen ... So hungrig*", wisperte die Stimme.

Blake grinste. „Es ist so weit, alter Freund." Er senkte die Hand langsam zur Altarplatte hinab, die immer stärker zu vibrieren begann. Die Wände ließen ein dämonisches Grollen hören und kleine Eruptionen erschütterten den Turm. Als Blake seine Hand schließlich mit gespreizten Fingern auf die Altarplatte legte, drang ein unheiliges, rotes Leuchten aus den Tiefen des Steins. Die Linien auf seinem Handrücken verblassten langsam, bis sie gänzlich verschwunden waren.

Blake lachte. „Ich habe mich schon gefragt, wann du auf-
tauchen würdest", sagte er ohne sich zu der Fensterfront in
seinem Rücken umzudrehen und grinste.

Hinter ihm, vor der Fensterfront seines Büros, schwebte Michael. Die gleißend weißen Schwingen zeichneten
sich deutlich gegen den finsteren Himmel ab.

Ein Blitz zerriss das Dunkel des Himmels und als sein
Licht wieder erloschen war, schwebte auch Blake vor dem
Tower, Michael gegenüber.

„Du weißt, warum ich hier bin?", fragte Michael.

„Ja", sagte Blake eisig. „Um zu sterben!"

H. P. Innemann, 2016

„Wenn man mit den Werken von King, Hohlbein, Lovecraft, Tolkien und anderen Großmeistern des Horrors, des Mysteriösen und des Fantastischen aufwächst, dazu noch eine leidenschaftliche Begeisterung für das Schreiben hat und sich den Geburtstag mit Edgar Allan Poe und die Initialen mit Lovecraft teilt, kann man kaum etwas anderes tun, als Schriftsteller zu werden."

– H. P. Innemann

Hayo Peter Innemann wurde 1983 als Sohn des Historikers Volker Innemann in Greven im schönen Münsterland geboren, wo er auch seine Kindheit und Jugend verbrachte. Inzwischen glücklich verheiratet lebt er mit seiner Frau und seinen beiden Töchtern noch heute in seiner Heimatstadt. Nach seinem Abitur an der Maximilian-Kolbe-Gesamtschule in Saerbeck, studierte der geschichtlich sehr interessierte Hayo anfänglich Klassische Archäologie an der WWU-Münster, bevor er später Kulturwissenschaften studierte.

Seine ersten Begegnungen mit dem Genre Science-Fiction und Fantasy machte Hayo im Grundschulalter mit den „Perry Rhodan"-Heften seines Vaters und dem Buch „Der kleine Hobbit". Mit zunehmendem Alter wuchs seine Begeisterung für diese Genres und weitete sich schließlich mit den Werken Stephen Kings (erstes Buch: Schwarz – Der dunkle Turm), Wolfgang Hohlbeins und H. P. Lovecrafts auf die Genres Mystery und Horror aus. Noch heute zählen Horror und Mystery zu seinen favorisierten Genres und King, Hohlbein und Lovecraft zu seinen liebsten Schriftstellern.

Im Jugendalter entdeckte Hayo seine wachsende Begeisterung für das Schreiben und das Rollenspiel und mit der Zeit wurde aus echter Begeisterung brennende Leidenschaft.
Seine erste Möglichkeit eigene Texte vor Publikum zu lesen, bekam er bei der münsterschen Lesebühne „Krawehl", für die er bereits mehrfach als Gast las.

Website: Thelurkingevil.jimdo.com

Instagram : @HPInnemann

Twitter: @HPInnemann

Facebook: @H.P.Innemann

Die Inschrift der Tafel auf Seite 13 ist eine Hommage an Stephen King und eine freie Übersetzung des englischen Originals aus:

Stephen King, *The gunslinger – The dark tower,* **Hodder and Stoughton Ltd., 2012**

H. P. Innemann

–

Schemen
Der Schädel der Schlange

ISBN: 9783740728632

Juni 2017